百部红色经典

沿着红军 战士的脚印

宋之的 著

北京联合出版公司
Beijing United Publishing Co.,Ltd.

图书在版编目（CIP）数据

沿着红军战士的脚印 / 宋之的著. -- 北京：北京
联合出版公司，2021.7（2023.1重印）
（百部红色经典）
ISBN 978-7-5596-5080-1

Ⅰ.①沿… Ⅱ.①宋… Ⅲ.①报告文学—作品集—中
国—现代 ②话剧剧本—作品集—中国—现代 Ⅳ.
①I216.2

中国版本图书馆CIP数据核字(2021)第030393号

沿着红军战士的脚印

作　　者：宋之的
出 品 人：赵红仕
责任编辑：徐　樟
封面设计：李雅楠

北京联合出版公司出版
（北京市西城区德外大街83号楼9层 100088）
北京新华先锋出版科技有限公司发行
大厂回族自治县德诚印务有限公司印刷　新华书店经销
字数152千字　787毫米×1092毫米　1/16　12印张
2021年7月第1版　2023年1月第2次印刷
ISBN 978-7-5596-5080-1
定价：49.00元

出版前言

　　为庆祝中国共产党成立100周年，全面展现中国共产党成立以来中华民族辉煌的发展历程、取得的伟大成就和宝贵经验，集中体现中华民族的文化创造力和生命力，北京联合出版公司策划了"百部红色经典"系列丛书，希望以文学的形式唱响礼赞新中国、奋斗新时代的昂扬旋律。

　　本套丛书收录了近一百年来，描绘我国人民在中国共产党的领导下艰苦奋斗、开拓创新、改革开放的壮美画卷，充分展现我国社会全方位变革、反映社会现实和人民主体地位、弘扬社会主义核心价值观、讴歌中华民族伟大复兴中国梦的100部文学经典力作。

　　本套丛书汇集了知侠、梁晓声、老舍、李心田、李广田、王愿坚、马烽、赵树理、孙犁、冯志、杨朔、刘白羽、浩然、李劼人、高云览、邱勋、靳以、韩少功、周梅森、石钟山等近百位具有代表性的中国现当代著名作家。入选作品中，有国民革命时期探索革命道路的《革命的信仰》《中国向何处去》，有描写抗日战争的《铁道游击队》《敌后武工队》《风云初记》《苦菜花》，有描绘解放战争历史画卷的《红嫂》《走向胜利》《新儿女英雄续传》，有展现新中国建设历程的《三里湾》《沸腾的群山》《激情燃烧的岁月》，有寻找和重建民族文化自信的《四面八方》，也有改革开放后反映中国社会现状、探索中国道路的《中国制造》，同时还收录了展现革命英雄人物光辉事迹的《刘胡兰传》《焦裕禄》《雷锋日记》等。

本套丛书讲述了丰富多样的中国故事，塑造了一大批深入人心的中国形象，奏响了昂扬奋进的中国旋律。这些经历了时间检验的文学作品，在艺术表现形式、文学叙述方式和创作技巧等方面都具有开拓性和创造性，作品的质量、品位、风格、内涵等方面都具有很高的水准，都是有筋骨、有道德、有温度的优秀作品，很多作家的作品都曾荣获"五个一工程奖""茅盾文学奖""鲁迅文学奖""国家图书奖"等奖项。

为将该套丛书打造成为集思想性、艺术性、时代性为一体，展现新时代文学艺术发展新风貌的精品图书，北京联合出版公司成立了由出版界、文学艺术界的资深专家和学者组成的编辑委员会。他们从文学作品的历史价值、文学价值、学术价值、现实意义等维度对作品进行了深入细致的研读和筛选，吸收并借鉴了广大读者的意见与建议，对入选作品进行深入细致的分析与综合评定，努力将"百部红色经典"系列丛书打造成为政治性、思想性和艺术性和谐统一的优秀读物，向伟大的中国共产党成立 100 周年这一光荣的日子献礼！

目 录

沿着红军战士的脚印

附　录

沿着红军战士的脚印

英雄的城

　　一九二七年八月一日黎明，在南昌市原府学前街江西大旅社的楼上，升起了第一面红旗。从那时以后，这被古代诗人颂为"襟三江而带五湖"的洪都旧府，就不再向来访的远客，介绍著名的佑民寺内的三万六千斤铜了。它现在具有了足以自豪的一切条件，这是个英雄的城。

　　八一起义的总指挥部，是个四层楼的房子。这房子在今天，当然不算什么，但它在当年，却是全市的制高点，是市内唯一的一所巍峨的大厦。这个中国人民解放军借以诞生的富有历史意义的大厦，经过了近三十年的严酷岁月，几乎并没有什么改变；只是小天井里的桂兰香和梧桐树，已长的高过楼外的短墙了。今天，你登上楼顶，依然可以极目远望：只见这个英雄的城南带福河，东枕赣江，美岭葱郁，烟波浩荡！有数不尽的雄鹰，正从江面飞来，环绕着古老的绳金塔回旋翱翔。而紧邻着这座也许是建于千百年前的古塔，一个容量六百吨的坐落在工业中心的水塔就要完工了，它那巨大的躯体直冲霄汉。自从公元六七五年，王勃偶然写下了《滕王阁序》以后，这个城市，曾一再给人歌唱过，但没有什么时候，它有过像今天这样的雄伟的气魄！一列一列的火车在原野上急驰，满载建设物资的汽轮正在拢岸；城郊正迅速的向远处伸展，望不断的鼓风炉在闪着火光。……没有什么时候，你会这么强烈的感到祖国建设的脉搏在你的心头跳荡。

起义时战士集合的地方，原本是个废圃。现在，它已变成浓荫覆地花木繁茂的八一公园了。当年，战士在这儿呼完口号，就投入激烈的战斗了，没人设想这个荒废的旷场将来会变成什么！但现在，当我们在这个动人的公园里徘徊的时候，孩子们却在我们背后自豪地指点着："参观我们的新八一公园来了。"朱总司令起义时的司令部，现在改建为八一保育院，变成培育下一代的幸福的乐园了。保育院保留了总司令那间发布起义命令的小屋，在小屋门外，新栽了一个美丽的花坛。当你站在这间简洁的小屋廊前，默默地向往着英雄往事的时候，绕着花坛游戏的孩子，就天真地向你招呼："叔叔们好！""叔叔们再见！"小主人们都知道：谁在这间小屋里思索过，思索过他们的幸福和欢乐！他们亲热的叫他："朱老伯伯！"起义时贺龙元帅的故居，在子固路二百四十五号原中华圣公会内，对面就是卑劣的匪军朱培德的司令部。这是最后解决战斗的地方，圣公会临右侧第一面窗的楼角，还遗留着当年机枪射击的痕迹。你走近贺龙元帅住过的那所幽静的小楼，一个看来很矜持的人就会走出来迎接你。他是居停主人，随手带着两个精致的茶杯。他低声告诉你，这是贺元帅退出南昌时遗下来的。主人是个虔诚的宗教徒，但他肯定的说：他之所以保留了这两个茶杯，是因为他深信，贺元帅有一天会回来的。无神论的共产党的将军没有辜负这位虔诚的有神论者的期望，二十年后，他的战士打回这个英雄的城市来了。

我并不是第一次访问南昌。

一九四九年，在那些振奋人心的、百万雄师下江南的日子里，作为中国人民解放军底一个战士，我曾经到过南昌！那时候，南昌虽然是令人景仰的，但却远不能说是可爱的。南昌才熬过了自己的苦难，你走进的仿佛是一个贫穷、萎缩、衰败的人家。我不记得在这个城市里有什么树木，在我的印象中，它是干枯的。我不记得在这个城市里有什么像样的街道，在我的印象中，它是泥泞的。美丽的东湖，从来都是南昌市民的骄傲，那时候已变成了一个不折不扣的臭水坑，城市里的垃圾都顺着下水道注入这个湖底了。现在，解放不过五年多，当我又来到南昌，我忍不住一再激动的问我自己，我是不是真到南昌来过？不知是从哪一天起，南昌市的公民们，涌来了一股热情，他们对种树发生了兴趣。几乎是家家、户户、老人、孩子都种树，今年春季，一种就种了十万八千六百四十九棵树！南昌绿化了。去年，八一公园以外，又开辟了一个新的公园：它比八一公园大八倍！东湖的臭泥排出了，下水道去了它应该去的地方。你走上南昌的街头，你没法认清它往昔的模样。宽阔的马路旁边是一排排的巨大的玻璃橱窗；饰有彩饰的画舫在碧绿的东湖湖心里荡漾。

　　富大有圩堤，是沿赣江的江防大堤。它关系着南昌和南昌邻近各县人民的生命财产的安全。但在四九年，当你走上这条大堤的时候，你会清楚的感到：它是绝对不安全的。大堤被蒋贼帮弃置已久，以致它那瘫痪的怪样子，连任什么人也不敢信赖了。它看起来即将崩决，而事实上，有些地段已经崩决了。那正是洪水的季节，你站在堤上外望，富庶而广阔的原野里是一片汪洋。人民赖简陋的小船互通着来往有无，而有些村镇，则只见村头树梢上系着的小船，连房顶的烟囱都望不到了。在这种悲惨的时候，蒋贼帮关心的却不是如何援救被难的人民，他所关心的，是如何才能在人民中挑起那野蛮的封建性的械斗。

封建统治阶级，为了缓和阶级矛盾，也为了从中渔利，是很喜爱挑起这种各姓氏、各宗族之间的械斗的。械斗，像瘟疫一样统治着江西人民，统治了几千年。那时，当我们走上富大有圩堤的时候，我们不只是看到了堤下那滚滚的浊流，我们也看到了躺在堤上的那在械斗中被害者的尸体。但今天，这种悲惨的景象已经一去不复返了。还在解放之初，党就号召人民，发扬南昌人民的革命传统，为重建富大有圩堤而斗争。这一关系着全体人民的利益的响亮的口号，立刻在人民中激起了巨大的劳动热情，富大有圩堤在几十万劳动人民的非凡的英雄战斗中，很快就重建成功了。一九五五年，当我们重上富大有圩堤的时候，它那种怪模怪样不见了。虽然还比不上西湖白堤上所谓三树桃花一树柳那样的雅致秀丽，但新植的杨柳已经垂枝，梧桐业已结实，居然也很能够迎风撩人了。在重建富大有圩堤的斗争中，流传着多少感人的英雄故事啊！有一个故事说到了光明农业生产合作社的女社长，她今年二十六岁，在最紧张的时刻，在狂风骤雨下，她挑土、运石、装土包、堵口，一个人从事几个人的劳动，保证了堤岸的安全；而当堤岸看来还是要决口的时候，她一下子扑到了缺口上，用自己的身体堵住了它！

在各项革命斗争中，南昌妇女都走在最前列。在伟大的抗美援朝运动中，广大的劳动妇女用开荒、种菜、养鱼、缝纫、卖西瓜、洗衣服、打石子等等的增产节约方式，捐献了九万二千三百七十五万元。她们并举行了千元运动（旧币），即每人要节约捐出一千元的运动，支援朝鲜的受难的姐妹。在斯德哥尔摩宣言上签名的时候，她们征集了五万三千六百二十六人，而到了一九五五年，在反对使用原子武器的签名运动中，数字一下子激增到一十八万！

我记起在南昌革命历史博物馆陈列着的一张革命文告，文告是一个革命的妇女团体出的，上写着：

希各苏区广大的劳动妇女群众，一致于"三八"这一天，全体动员，拿一根武器，在各区中心地点举行全体武装游行示威大会。

我想，这很像她们的性格！

著名的滕王阁，已随江岸的崩坍而不再存在了，今天，在某一墙角，它只剩下一块小小的快要湮灭的界牌。但我们现在却有了宽十公尺、长达一〇七七公尺的横跨赣江的雄伟的八一大桥。站在大桥上面，你同样可以感到王勃在滕王阁上所感到过的那样雄大的胸襟和气魄！你不仅还同样可以看到"落霞与孤鹜齐飞，秋水共长天一色"的壮丽的景色，你同时还可以看到，赣江两岸堆积如山的木材，和一眼望不到头的无数崛起的工厂的大烟囱！解放以前，南昌不过是一个古老的消费者的城市，只有一两家可怜的小小加工厂，现在它已经有了一个拥有五万纱锭的纺织厂，近代规模的柴油机厂、江西机械厂、水泥制造厂、化工厂、江西造纸厂，和无数正在扩建和新建的巨大的工厂了。

八一桥畔，竖立着各厂工人的壁报牌。工人阶级，在五一劳动节提出了响亮的革命竞赛口号：

"我们要把我们的厂，办得跟我们英雄城市一样的有名！"

井冈山速写

井冈山上望台湾，

高高矮矮万重山；

高山阻得风和雨，

难阻人民心相连。

　　这是井冈山人民的山歌。在井冈山上，一定要解放台湾的口号，特别响亮。

　　井冈山山高林密，是一座壮丽、雄伟、险峻的山。这座山，北可以出宁冈，直达南昌，逼近长江天险；南可以下遂川，俯赣州的侧背，伸入广东；东可以据永新，以赣东南为依托，拿下福建；西可以占酃县，北击长沙，南临衡阳，控制湘、桂、粤三省的咽喉。我国第一个革命根据地，是可以向四面八方伸展的。井冈山的形势非常险要，山的周围，有五个主要的哨口。五个哨口，像五座大铁门，封锁着井冈山上下出入的道路。这五个哨口是：南部的朱砂冲，这是在半山腰用人工劈开的一条崎岖的山口。只能容一人通行，上下都是绝壁，无法攀援。绝壁上芦苇和荆棘丛生，古松倒挂；下望深不可测，行州河的水声，在谷底发着野马奔腾似的巨响。东路的桐木岭。这个山口，从山底到山顶，要攀登二千九百级笔立的石级，每一石级的间隔约有一尺五寸高。这是真正的望天台。石级两旁都是深山中才有的叶宽如掌的芦苇，芦苇有两人高，纠结缠绕，使路都难以辨认，只有人才勉强能够通行。北路的八面山。八面山是制高点，山高而且宽，占了八面山，可以俯瞰宁冈和群山的动静。西路的汪洋界和双八石。双八石是两个陡立的山峰中的一个小口子。它由两块奇怪的巨石合成，中间只留下了可容一人通行的小缝。据说，当年守山的红军，主要就是把守这五个哨口。五个哨口都经过无数次的激烈战斗。当地人民回忆说，这五个哨口从来没被白狗子攻破过，白狗子第一次进占井冈山，是从八面山斫断了森林，偷偷潜入的。现在，在八面山的哨口上，还遗留着当年红军的哨口工事。哨口到今天还传布着不少的英雄故事，井冈山人民，对这些哨口，有着强烈的感情，有着亲切的忆念。实际上，人民也就是这些哨口的守望者、支援者、建造者。人民到哨口送饭，抬担架，运送子弹，进行慰问，唱山歌。人民在满山遍野里斫竹子，把竹子削尖，用热沙子炒过，从山脚插到哨口，摆下了尖刀阵。多少英雄往事，多少胜利和牺牲，和这些哨口联系着呀。

我们经朱砂冲哨口，进入了井冈山。

在当年红军战士走过的这条路上，只见：鸟语迎人，飞泉扑地。悬崖下芦苇丛生，曲径上淡蓝色的马兰花当道。远处山坳中，朵朵的映山红红遍了山野。老橡树下，经年见不到阳光的地方，败叶已经枯朽了，正不知经历了多少岁月。而向阳的地方，有一种当地人民叫做结子树的，却盛开着千万朵乳白色的小花。在眼下，起自山隙的烟云正在山半腰缭绕；从谷底，伴随着惊涛骇浪的声音，传来了漂木者的喊声。

井冈山，经历了一个不平凡的时代。井冈山的人民，几乎人人都有着一个不平凡的故事。下面这一个故事，是一个人的也是全体井冈山人民的典型故事，他能够说明井冈山区人民生活的变化。

罗梅斋，今年六十五岁了。她的丈夫，在土地革命时代，是红军的担架队。她当时有四个儿子：秀林，十九岁；福林，十三岁；康林，六岁；天林，四十天。在她怀着天林的时候，她的丈夫在作战的时候，中了蒋贼帮的埋伏。他在被俘以后，当场就被打断了一条腿。随后有人送信来说，她丈夫还活着。这位四个孩子的母亲，不知道这是一条计，她派了秀林和福林去抬。孩子们一去就没有回来，他们被捉走了，被杀害了。母亲并没有被这种残忍的行为吓倒，丈夫和儿子牺牲以后，她自己挺身站出来了。罗梅斋代替了丈夫，走上了他的岗位。她往八面山上的哨口给红军战士送粮食，送饭，回来就抬担架。有一次，甚至背回了一挺水机关，献给了毛主席。但不久，阴云遮上来了，敌人占领了井冈山。这时候，她遗腹的孩子生下来才四个月。敌人对井冈山人民的仇恨，可以用当时敌人所提出的这一残酷政策来形容，那就是："石要过刀，毛厕过火，人要换种！"他们是连井冈山上的石头都要斫一刀的。这个母亲抱了两个孩子逃入了山林。没有几天，六岁的康林因为寒冷，惊恐，和饥饿，就死在山林里了。接着，蒋贼帮纵火烧掉了她的房子。经过了这些苦难以后，罗梅斋再没有力气奶她的孩子，也没有奶水奶她的孩子了。才生下四个月的最后一个小孩，也就这么活活饿死在她的怀里了。这个母亲没有了指望。她投河也投过，吊颈也吊过，割喉管也割过，但不知怎么，她每一次都给人救下来了。她逃下了井冈山。她逃到宁冈，她给人家雇工，拾柴，有时讨饭，就这么苦苦地熬过了十八年。在这十八年里，她也碰见过一些好心人，其中一个，是个裁缝，名叫尹师傅。这个好心人一直关切着她，虽然连他的大名叫什么，她都不知道。但名字有什么关系呢？它不过是个记号罢了，他们彼此相知，这就是了。他们没能力正式结婚，也不敢正式结婚，但他在实际上却是她的唯一的亲人。十八年以后，毛主席的队伍回来了。她的亲人不是一个，而是千万个了。她受到了亲人们的关怀，又搬回井冈山住了。现在，她领了一个十九岁的儿子，在六十三岁上，和六十五岁的尹师傅正式结了婚。她眉开眼笑地告诉说：她没有钱，毛主席救济了她的钱；她没房子，毛主席给她盖了房子；她没有耕牛，毛主席救济了一头耕牛；她没有田，毛主席给她分了田……

现在连丈夫和儿子都有了，她真是什么都不缺了。

解放以后人民的情绪，可以从下面这首山歌里看出来。这是一首新娘子唱的歌，但几乎大人小孩都会唱：

> 解放以后喜事多，
> 灶前灶后打山歌；
> 阿公听到张口笑，
> 阿婆听到也来和。

但井冈山人民，却不是没有困难的。蒋贼帮是大灾星，二十年来，给井冈山人民造成的灾难，是说不尽，也数不完的。井冈山一个显著的特征是人口少。特别是青壮年，更少。二十岁左右的青年，在童年的时候，正赶上了蒋贼帮的侵占，他们之中，只有很少几个长大成人，几乎给蒋贼帮害绝了。田地荒废了，房子烧光了。连吃饭的锅，碾米的磨，都给蒋贼帮抢下山去了。现在，据说，宁冈还有些井冈山上的锅，井冈山上的磨，没找到主呢！解放以后，有着伟大的革命传统的井冈山人民，在共产党和人民政府的领导下，为了克服那些悲痛的日子里所造成的灾难，进行了顽强的斗争。百分之九十的农户，已经组织起来，参加到合作互助的组织里了。在一九五三年的时候，井冈山还缺粮，需要从永新往山上调粮食十五万斤，到了一九五四年，粮食不仅再用不着从外面调，已经可以余粮十万斤了。到一九五四年，全区共开荒一七二〇亩，盖房子九百八十一间，修房子三百七十五间。受害最重的大井村，百分之九十的房子都重新修建起来了。现在，井冈山上有信用合作社，有供销合作社，有井冈山小学，有卫生所，有接生站，井冈山繁荣起来了。在茨坪，井冈山英雄农业生产合作社社长邹乙桂，向我说：从前茨坪乡只有三户够吃，一户是地主，两户是中农。五四年，全乡已经有二万多斤余粮卖，三十多户有富余，除了一户，因为过去乱搞还有些积欠外，生活都没有什么困难了。

邹乙桂社长的房子，曾给蒋贼帮烧过七次，现在也重新建造起来了。

门前，是一道小溪，小溪上，有独木桥。据说，彭德怀元帅，当年，在击败并驱逐了第一次侵占井冈山区的蒋贼帮后，就曾坐在这个桥头，亲手给老乡们发放救济费。凡是从山上逃难回来的老乡，只要经过这座桥，彭德怀元帅就亲手发一块花边，说几句亲切鼓舞的话。很多老人，在回忆到这件往事时，还不禁感动的流泪呢。

年青的社长，在介绍过他的合作社以后，忽然问我：

"你看我们井冈山的前途怎样？能不能划为游览区，够不够条件？"我正在想的时候，他又补充说："我们有很多泉水，我们稻田里就都是泉水。"

我想，井冈山要划为游览区，这不仅是井冈山人民的，也是全国劳动人民的幸福。井冈山不仅是雄伟和壮丽，而且，又是多么实际的对人民进行阶级教育，革命传统教育，爱国主义教育的圣地啊。但，井冈山要成为游览区，却还需要创造条件，比方说，交通条件，电力条件，革命历史遗迹的研究、标示、恢复和整理的条件。我把我的意思告诉邹乙桂了。他眼睛闪亮的说："我们会创造条件的。"

毛主席在大井的故居，早给蒋贼帮纵火烧光了。现在，废墟上只剩下了一堵短墙。这堵短墙，是井冈山人民的骄傲。每一个人，站在这堵短墙下面，都会在心里涌起幸福的回忆。他们回忆着毛主席坐在哪棵树下看过书，在哪条田埂上散过步，站在哪块石头上讲过演，在哪堵墙壁上题过诗。他们传说：有一次，主席在拿山，敌人把拿山包围了。战士们很着急，劝主席赶紧离开。但主席不肯马上走，他在敌人进逼的时候屹立不动，情况越来越危急了，每人心里都捏了一把汗。忽然，深山里升起了浓雾，把主席和周围的敌人隔断了。敌人不知虚实，不敢进攻，而被包围的人们，就在主席的指挥下，毫无损失的从容不迫的退出战斗了。

那堵短墙后面，有两棵焦枯了近二十年的海罗杉。最近，这两棵被烈火烧成了奇怪形状的树，在它们那秃秃的枯枝上，忽然奇异的茁出了新芽。这以前，不知是什么鸟儿，衔来了一颗当地人民叫做榨树的种子，寄生在这纵火者的见证人身上了。现在，它枝桠繁茂，正盛开着有着淡淡清香的白色的小花。我们采下了这样的一些小花，把它带回茨坪，献在红军烈士纪念塔的坛前。这座烈士纪念塔，雄伟的面向着山口，建筑在井冈山小学旁边的一座小山顶上。当我们在坛前默默地向红军烈士致敬的时候，小学校的小学生们，正在塔侧栽植着冬夏常青的马尾松。我走近一个姑娘，搭讪着问道：

"你是什么人哪？"

"井冈山的劳动人民！"她斜了我一眼，十分生气的说。

我知道我是问了一句辞不达意的愚蠢透顶的话，井冈山的人民，是非常自豪的。

其后我知道，这个小姑娘叫做罗宣娇，解放以前，是个童养媳。非人的童养媳生活，并没有磨尽她的天真。她看起来是瘦小的，但却很美丽。土改运动中，她挣脱了童养媳的锁链，早晚在家里打米、挑水、斫柴、放牛，白天到井冈山小学学习。她带我们参观了这个以井冈山为名的新创立的小学，我发觉，这个小学的壁报上，几乎每一期，都有来自全国各地的寄给井冈山小朋友的信。来信最多的是中国人民解放军的叔叔们，战士们热情的向小学生鼓励着："你们生长在井冈山，是光荣的。希望你们努力学习，要无愧于井冈山的英雄称号。"

壁报上，还发表着很多小朋友写的，对于红军烈士纪念塔的颂歌。可以看出，小朋友们，是那么深挚的从红军英雄的形象中，汲取着鼓舞的、战斗的力量。下面是三班小学生王文心写的一首颂歌：

> 亲爱的英雄叔叔，
>
> 我不知你叫什么名，
>
> 我心里永远能够认识，
>
> 你英武慈祥的面孔。
>
> 我清楚的知道，
>
> 幸福的花朵，
>
> 是用你们的鲜血浇成。
>
> 亲爱的英雄叔叔，
>
> 我们献给你的，
>
> 是崇敬的眼睛；

我们献给你的，
是纯洁的心灵。
我们向你宣誓：
一定要好好用功！
让胸膛燃起烈火，
把仇恨化为力量，
到我们长大成人，
要不愧井冈山的英名！

访中央革命根据地

"进入中央革命根据地了。"同行的红军战士说。

我们在雩都尝到了著名的入口即化的荸荠；在瑞金喝了足以解渴的米酒；在兴国，登上了激江夜泊的竹筏；在沿途，瞻仰着当年红军写下的革命标语。标语，在泥灰涂抹下隐蔽了近二十年，经过冲洗，又显露了。还是那么鲜明，还是那么有力。它标志着我们昨日、今天和将来的斗争生活。一个鬓发斑白的老人站在十大政纲下面，为我口诵着他自作的一首打油诗：

广年一堵旧粉墙，
烟尘荡尽露政纲；
红军写下生死志，
老汉笑语谕儿郎。

中央革命根据地，是人民中国的雏形。在中央革命根据地里旅行，你随地都可以认出我们的童年。但同行的红军战士，却认不真它当年的模样了。解放五年以来，瑞金、兴国、宁都、雩都这些城市和城外的乡村，有了多么大的改变哪！也许，没有改变的，只有城郊那古老而肃穆的白塔，它们依然在夕阳斜照里迎接着远路来访的客人；只有那会说话的八哥，它们还是在塔外碧蓝的天空下飞舞着；只有那巨大的樟树和榕树，它们显得更苍劲了；只有那城畔的江河，它们正喷吐着泡沫，波涛滚滚的不断的流着。

改变最大的是人。原已觉醒的中央革命根据地的人民，经过了二十年的摧残、迫害和苦难，在更大的、更深刻的程度上觉醒了。

李友秀，是李友秀农业生产合作社的女社长，全国劳动模范，全国人民代表大会的代表。她今年四十七岁。在她二十二岁的时候，她是兴国一区菁其乡妇女工作大队的分队长。妇女工作大队下设：输送队、慰劳队、看护队、洗衣队、山歌队、缝衣队、宣传队、优恤队。她兼任宣传员和优恤委员。

那是个"暴风骤雨"的时代，那是个火热的时代。

年青的李友秀，背上背一个斗笠，上写"扩大红军宣传队"七个鲜红的大字；手拄一根棍子，一面打狗，一面拄路；跑遍了兴国的家家户户，大小村庄。著名的兴国模范师，有很多的红色战士们，就是李友秀小组的山歌动员参军的。这是一种即兴编成的、热烈的、烈焰似的山歌。如果遇上有顾虑的父母，她们的山歌，就可以从太阳落山唱到太阳上升，一直到那老年人的顾虑溶解了，热血沸腾了为止。李友秀为了慰劳出征的军人家属，卖掉了自己结婚时候的手钏、链子；为了慰劳红军战士，她的小组一夜要赶制七双新草鞋。这种草鞋虽名为草鞋，其实是布做的，很像我们今天穿的凉鞋，最灵巧的手也至少要两三天才能做上一双。这种草鞋的特点是：要打底，要前后捏花，要精选出彩色的锦线绣上："红军万岁万万岁。"

毛主席提倡女人要熟悉犁耙，李友秀第一个响应了号召。在全区还没有一个妇女敢去犁田的时候，她就牵了一条牛，下田去犁土了。她学会了开沟，学会了使牛，学会了掌握在男人手心里的一切把式，熟悉了田里的每一块泥土。……

但乌云涌上来了，最黑暗的日子来了。

当李友秀带了四个孩子，上山逃难的时候，她家里什么都没有了，都被蒋贼帮打翻、烧毁、抢光了。她的丈夫被抓走了，接着，被杀害了。等到她逃难回来，她发现自己已经被叫做"土匪婆"了。当孩子们忍不住饥寒，她不得不仗着胆子去挖一点野菜，拔一束草时，地主的锄头兜脸就打上来："土匪婆，你还抢东西呀！"

李友秀没有屈服。她响应过毛主席的号召，熟悉每一块土地，和土地上的活计。虽然自己没有一亩田，但她可以帮人家种。她是个好把式，有人看中了她那双爱劳动的手。她白天黑夜的用自己两只能劳动的手养大了四个孩子。

现在，李友秀农业生产合作社已经是一个有五十二户的大社了。李友秀如数家珍似的告诉着社员生活的变化：

"黄家奎，过去一年到头吃不上干饭，现在五口人吃饭，还卖了三百八十斤余粮。过去他爱人跟孩子冬天穿不上棉衣，现在冬夏穿的都是洋布。吃饭用细碗了。从前全村只有四五个小学生，现在男女老少都有文化。有一个劳动力最强的妇女，已可写信，记工分，当组长。全社现有自来水笔三十六枝，组长、干部、女干部都有手电筒。过去洗脸七八个人用一块破布，现在每人一根牙刷，一条新毛巾。过去姓氏房头观念很强，现在每逢过年小孩跳舞，比赛花衣，大家一齐团拜，吃酒，开会，闹文化。不分房头姓氏，首先给军烈属拜年。去年一年全社卖茶油一○二○斤，新添棉被十六床，棉衣二十二件。……"

变化是数不完的。没有变的似乎只有李友秀那颗坚强而炽热的心。她虽然上了年纪，却还记得不知有多少的山歌。一个山歌是这么唱的：

送得亲郎前线去，
做了草鞋赠送你；
草鞋绣了七个字，
红军哥哥万万岁！

真是什么还没有变呢？

城墙现在都变成最宽阔的马路了，沿着这些大马路，是新建的已经完工和正在开工的工厂、学校和国营商店。在瑞金，瑞金中学旁边，原本是一座山，中国人民解放军驻军某部，把这座山移去了，他们在这座山的故址上，扩建了一个规模宏大的人民广场。城市，最近都设立了小型的火力发电厂。在广场和街道，扩音器播送着国内外时事和动人的音乐。汽车站旁边，因为不断涌来新人新事，特别显得热情和活跃。到新的工区去的矿山的工人们，即兴涂写下那么多振奋人心有时也引人发笑的词句。你走上宽阔的雩都的旧城墙，只见沿街的小楼都开着窗，你甚至觉着一脚就会踏进人家的楼口了。在某一角落，在一棵几个人都不能合抱的、筋脉突起好像盘龙附凤似的老榕树下，一个女孩子当街对河而坐，她黑肤、巨颧、深目，具有这一带女性那种热烈的特征，正向浩荡的雩都河的远方眺望。在远方，山背后，是一个新开辟的矿场。无数载重汽车，正纷忙的在崎岖的公路上向矿场急驰。

每一个改变都是和毛主席连在一起的。在中央革命根据地，人人都在心里怀念着毛主席。为了表示这种深刻的思念，各人有各人的方式。

在瑞金附近，有一个乡叫均田脑，是从来就缺水的地方。当地人民只能靠天。每当干旱的季节，农民就只有望着龟裂的土地叹气。解放以后，人民在共产党的领导下，第一个农村建设就是在壬田河修了一座拦河坝。现在，可以用壬田河的水灌溉了。不只不再担心龟裂的土地毁坏禾苗，而且，从古以来就是收一季的土地，今年，可望收两季了。在干旱的时候，水像珍珠一样的流向了原野。谁出的这个主意？人人都抢着告诉你：二十年前，毛主席就测量过了。因为长征，这才耽搁了。在兴国，多年以来，水土流失就是农业生产的真正的灾害。多少良田因之荒芜了，瘦薄了。解放以后，为了水土保持，人民在共产党的领导下，进行了真正群众性的经年不辍的斗争。兴国家家户户、大人小孩都行动起来了，人们不知疲倦的在山梁和原野上开渠，植树，拦坝。现在，像古铜一样颜色的兴国的群山，可以看到密集的新绿了。李友秀告诉说："我们的水土保持工作，连苏联专家都夸奖过的。"谁关心过这个问题？人人都回答说：毛主席当年曾思索过的！毛主席走过以后，人民就没人教导，没有力量也没有可能办这件事了。有人指着他门前的一个鱼塘，无可争辩地告诉说："毛主席当年经过这个鱼塘，塘里的鱼都跳起来迎接了。"有人指着眼前的一块田，神往地说："毛主席也在这块田里帮我们插过秧的！"现在，这块田里，合作社的一个工作队正在薅草，这儿，有本区区委书记的老母亲；有强壮的本乡女乡长。年青的女乡长虽经我们再三催促，却还是有些害臊，她无论如何不肯唱山歌。而兴国山歌，红军战士是一听见就会心跳的。

毛主席在瑞金沙洲坝的故居，梁上，燕子筑了巢，现在，乳燕正伸出头来喊啾迎人。隔壁，是当年的列宁小学。在我们沿着红军战士的脚印走时，在各个不同的地区，我都发现了一件相同的巧事，就是：

几乎所有令人景仰的革命史迹都自然的和孩子们联系着。这个小学也不例外，它现在是第二接生站了。接生站在它那白色的粉墙上，写着醒目的号召："新法接生，母子安全；怀了毛毛[1]，要常检查。"

主席故居门前，主席曾亲手挖过一口井。这口井旁边，人民竖立了一个令人向往的标志：

"吃水不忘挖井人，时刻想念毛主席！"

井侧，是个池塘。塘周围，是巨大苍劲的榕树。它那繁茂的葱郁的枝叶，倒映在塘水里，这倒影常常要被洗衣女郎捣碎，在水下飘散着，幻化着。

这种树，是中央革命根据地的特征。老百姓有个俗名，叫做：万年青！

---

[1] 毛毛：方言，部分地区将不会走路的婴儿称为"毛毛头"。

五岭风云

　　这儿是五岭。就是毛主席长征诗所形容的"五岭逶迤腾细浪"的五岭。五岭起伏在粤赣湘交界处，是横断祖国东南部的极为雄伟的山脉。井冈山所属的罗霄山脉，就是它的分支。它滋育了中国的革命。

　　自古以来，梅岭就是五岭通向岭南的要道。今天，梅岭的顶上还有梅关，但梅林却已经不见了。富庶的、迷人的岭南，在古代，是被人们目为化外的。因之，多少被贬逐的诗人，在走上这一巍峨的自然界线时，都对它倾诉过愤懑的胸怀。一九三四年，红军长征的时候，这儿是蒋贼第一道封锁线的终点。蒋贼从信丰河起，沿粤赣公路，以五岭为依托，布置下封锁红军的第一道封锁线。这条铜墙铁壁经不住人民的打击，在第一个回合，就迅速的崩溃了。红军战士横跨五岭时唱道：

　　　　战士们，
　　　　高举着鲜红的旗帜，
　　　　奋勇向前进！

···········

　　红军战士这种英雄气魄，使历代多少诗人底抒愤懑的诗篇，都为之减色了。

　　从一九二九年起，五岭的革命人民，在共产党的领导下，就有了革命的发动。那时以后，一直到解放前夕，从来都没有间断过。咆哮的五岭，在蒋贼统治时期，从来是不平静的，它从没有驯服过。在最艰难最黑暗的时期，五岭苍郁的群山中都在放射着革命的光芒。今天，在五岭那些雄大的山头上，还偶尔遗留着一些甲壳虫似的碉堡，这是蒋贼帮在那一整个历史时期底渺小心计的见证人。这些方形的和六角形的碉堡，有土地革命时期的，有三年游击战时期的，有抗日民族解放战争时期的，有人民解放战争时期的，连最锐利的眼睛也难以辨别，它们究竟是什么时期构筑的了。它们现在都有着一副相同的模样：孤零，荒废，和倾圮的模样！

　　在信丰、大庾、南雄交界处的山，叫油山；稍北，和湖南交界的山，叫北山。油山的山不算大，山内村庄比较多，人口也比较密。北山的山很大，山内大都是原始森林，往往四五十里，不见人烟。油山比较富庶，北山比较隐蔽。这两座山，在革命历史上，同样的著名。它们在伟大而艰难的历史年代里，记载着人民英雄的英雄业绩。以油山和北山为依托，可以四面八方的伸出去。南可以控制广东，北可以直下江西，西可以出湖南，东可以入福建。

　　它，无处不遗留着人民战士的脚印。

　　这儿，是原始森林，人民战士在这儿曾举行过无数次的集会，他们在它的隐蔽下讨论着国内外的革命形势，决定着自己的革命行动；这儿，是坟场的青石板，人民战士曾每夜每夜的躺在这儿默数着天上的群星，阴雨天，就支起雨伞背靠背的坐在上边，坐以待旦；这儿，是一个山嘴子，人民战士曾在这儿和蒋贼军发生过激战，战后，一面沉痛的掩埋着同志的尸体，一面在心里发下复仇的志愿；这儿，是块草地，人民战士曾无数次的打从这儿经过，经过以后，又十分仔细的把踩乱了的草扶起来，以免留下丝毫的痕迹；这儿，是条小涧，人民战士曾在涧内取过水，取过水后，又万分小心的检查一下，看有没有可疑的东西，正在顺着淙淙的流水向山外漂流；这儿，是个池塘，人民战士曾在这儿潜伏过，任凭敌人在身边走来走去的威吓，嚎叫。人民战士熟悉这两座大山，就像熟悉自己的手指一样。人民战士可以随时在随便什么地方潜伏下来，就像神话传说中善于隐形的术士似的，你虽明知他就潜伏在你的身边，却无法搜寻到他的形迹。人民战士知道哪儿可以采香菇，哪儿可以挖蕨菜，哪儿可以烧炭，哪儿可以找到正在孵蛹的蜂窝！山上有无数的竹林，人民战士对它有深刻的怀念。竹笋可食，竹筒，既可以用来贮水，又可以用来煮饭。而当蒋贼军剿山最严重的时刻，人民又借各种借口上山，一路丢下一些竹扁担。人民战士拾起这种竹扁担，在竹心里，掏出粮食，盐，报纸和腊肉。其后，这种方法给蒋贼帮探听出来了，作为一种诱兵之计，他们也化装成采香菇的、烧炭的、犁田的、斫柴的，在路边上丢下了大量伪装的食物。但他们伪装得不像，人民战士不去睬它，蒋贼军的阴谋诡计落空了。不过有时候也倒霉，丢下的食物给老虎吃了，蒋贼以为发现了人民战士的踪迹，马上进行剿山，人民战士只好搬家了。

在中央的主力红军长征以后那些最黑暗的日子里，每当国内外政治形势发生巨大变化的时候，每当各个革命纪念节日的时候，广东、江西、湖南、福建的人民，就可以听到来自山上的强大的声音。人民战士把革命的传单和标语贴到所有的重要隘口和孔道上去。在最黑暗的时刻，使人民看到了光明。使人民知道，自己的党并没有离开。党依然像往日一样，指导着人民的斗争方向。

当我们经过五岭的时候，辽阔而肃穆的五岭山巅，正幻化着浓烈的风云。只在有些地方，阳光，从云隙中斜射下来，渗入云海，像星一样的四射着光芒。

当年，长征的红军战士们，横跨过的西华山，现在，已经是我国有色金属的一个巨大的工业基地了。五岭在祖国社会主义工业建设中，也和在革命战争的年代中一样，正在发挥它的伟大的作用。红军经过的时候，西华山的上坳和下坳，只有一些零散、污秽、非常简陋的木棚子。这些木棚子是属于一些小厂主的，他们用原始的方法祸害着祖国的资源，并在这些临时搭成的木棚子里经营着黑暗的花街和吃人的赌场！现在那些原始的木棚子不见了，在原来的花街遗址上，叠起了一座华贵的工人电影院。汽车路联结了各个采矿场，山脚下小山城大庾也跟着繁荣起来了。入夜以后，西华山上千万盏灯光闪耀，从一排排整洁的工人宿舍里，传出了丝竹声，丝竹声在夜空中回荡！

五岭曾为历代诗人歌咏过，今天，它本身也正像一首诗，一首有着磅礴气概的充满青春和生命的诗。

人民的怀念

　　一九三五年一月，遵义人民用爆竹声热烈地欢迎了红军入城。遵义，是一个有历史意义的城市。中国革命史上著名的遵义会议，就是在这个城市召开的。遵义会议的会址，经确定，是蒋贼军师长柏辉章的公馆。这位师长是遵义三大霸之一，他一个人身上，经清查，就有六百三十三条血债。他的公馆在红军入城后被没收了。中国共产党中央就在这所房子里召开了会议。当我们来访的时候，这所房子已被辟为遵义会议纪念馆，工人正在装修和粉刷。粉刷工作需要极度小心，因为墙壁上，经过冲洗，随处都露出了红军战士当年写下的革命标语。红军战士，在长征途中，曾被规定每人每天要写三条标语，这座房子证明，规定是被严格地执行了的。红军战士自觉地执行着宣传队的任务。从这所房子的二楼，推窗外望，可以望到遵义附近的群山，和起伏在山岭上的旧城墙。当年，红军在这些地方与顽抗的蒋贼军进行过激烈的战斗。现在，沿了旧城墙，遵义会议建设委员会，修建了一个大花园，花园旁边的纪念广场，可以容纳十万人。花园和纪念广场，是由全市人民以及党政军民义务劳动建成的，旧城墙的墙基正好成了花园中间的宽阔的马路。全国人民，都在支持这个有纪念性质的花园，在短时期内，从各地寄来了千万种花草。西南，向有中国的花圃之称，但遵义会议纪念花园，据负责人说，即将要成为西南的花圃。

遵义，为乌江天险所屏障。"乌蒙磅礴走泥丸"，毛主席是这样形容乌江的。乌江地区，如像遵义、娄山关、猴场、赤水、土城这些地方，对红军战士来说，恐怕是毕生难忘的。这些地区，都经过紧张而激烈的战斗。这些地方的人民，永远也忘不了红军战士。在黑暗的反动统治时期，人民对红军，因为无止境的怀念，祖孙相传，创作了多少美丽的神话呵！这些美丽的神话，支持并鼓舞了人民在那些苦难的日月里活下去的勇气！

神话以外，黔西的民间老艺人张树安，把红军的战绩，人民的理想，还编了很多令人神往的花灯词。他教给在新年里唱花灯的男女工人和农民，自己也走遍乡野，到处演唱。现在把还在流传的花灯词，抄几首在下边：

正月里，正月正，

红军打到遵义城；

贵州有个土军阀，

吓掉三魂少二魂！

二月里，是花朝，

贵州红旗到处飘；

处处干人[1]都欢笑，

地主土豪哇哇叫！

---

[1] 干人：指穷人。

三月里，三月三，

红军攻占娄山关；

土军阀丢了几个团，

国民党给打垮了十几万。

腊月里，又一年，

五公经[1] 上说的全；

只要三年过去了，

红旗插在大门前。

这位革命的民间老艺人，给国民党抓去杀害了，但他的花灯词，却在人民中广泛的流传着。

在人民中流传的美丽的神话，大半是关于红军的年青的卫生员的。红军的医务工作人员那种忘我的为人民治病的精神，在人民中留下了极为深刻的印象。红军走后，印象渐渐变成了一种强烈的怀念，人民用卫生员的故事说明着这样一种确信：红军是能够起死回生的。

有一个故事说到一个小卫生员的小马灯。这个小卫生员，据说，因为不忍丢下一个生病的老大娘，在深夜里，冒了生命的危险去给老大娘医病。在归途中，他遭遇了蒋贼军的伏击，英勇的牺牲了。这个为人民而牺牲的小卫生员，遗下了一盏小马灯。据说，老大娘有一个美丽的女孩，这女孩为了纪念这个亲人，保存了这盏神奇的小马灯。其后，在二十年的漫长的苦难岁月里，这盏小马灯竟是这样的神奇：每逢人民遭到难以忍受的痛苦时，小女孩就把小马灯点起来，人民一个一个的走近它，瞧一会，瞧着瞧着，据说，痛苦就消失了，生活和

---

[1] 五公经：五代时出现的谶纬之书，据说可预言未来。

斗争的勇气，就恢复了，而且增长了。小马灯是当地人民的亲密的伴侣，伟大的引路人。现在，小女孩已经是一个美丽的姑娘了，小马灯仍然被珍爱着。终于，在当地人民组成了第一个农业生产合作社的时候，姑娘把它献出来了。它现在是公共财产，属于农业生产合作社。它每夜每夜，给高挂在合作社门前的树梢上，在它下边，是一口报警的钟。每夜每夜，它照亮着夜归的合作社社员们的道路，并警戒着潜伏的反革命分子的破坏。在反革命分子偷偷地进行破坏的时候，警钟就敲起来了。

但人们并不老是满足美丽的幻想，他们要求看到实际的事物。人们于是便动起手来，在遵义附近，红军作过战的地区，造了一个规模宏大的红军坟。立刻，红军坟便成了几百里方圆以内的人民朝拜的圣地了。这一红军的灵魂，吓坏了蒋贼帮的督察专员，引起了他的仇恨。他亲自带了一大队反动军队，来向这个本来一无所有的坟头作战了，他挖掉了红军的坟。但他能挖掉红军的坟，却没法挖掉人民的心。对红军的怀念和景仰，本来是深埋在人民的心里的。这位专员才背过脸去，就有人向空穴内投了一颗石子。此后，所有过路的劳动人民，就都不约而同地，往这个空穴内投一块石子。起始还是过路的时候投，后来，几百里以外的人就专门赶来投了。没有多久，红军坟便比过去更为宏大壮丽了。

下面的一个故事是在我们实际生活中发生的最动人的故事。红军某连连长陈树云，约二十年前，向遵义的老农民赵锦和买了一口猪。陈连长怕红军走后，农民受损失，他开了这么一个字据：

　　红军部 × 连买赵姓肥猪一只，国票壹拾伍元整，每张即付银币一元。我军走后，转来再用。此致

遵义凉水乡民政村二组老农民赵锦和

连长陈树云

老农民坚信红军会回来，他冒着生命的危险把这张小纸条保存了二十年。二十年后，红军果然回来了。赵锦和把字据拿到了人民银行，人民银行立刻兑现，并且加了他十倍的利息，足足兑给他一百五十元。

抗日战争期间，我曾在这一带旅行过。我想，凡曾在贵州省境旅行过的人，没有不为贵州人民所过的那种非人的贫困生活所震骇的。那时候，正像人民用来形容自己的俗话所说："脸朝黄土背朝天！""野草三分粮，辣椒当衣裳。"那时候，曾流行着这样一个童谣："红军到，干人笑；白军到，干人叫。要得干人天天笑，白军不到红军到。"蒋贼帮曾为此大兴恐怖的冤狱，但这个童谣还是在四乡里流布着。现在，童谣应验了。我们从桂北进入贵州省境，只觉眼下焕然一新。无论是正在长达一两千公里的公路上加宽路面、改修险弯的劳动人民，无论是公路两侧新起的房舍，都洋溢着一脉繁盛的开国气象。过去，竖在公路两侧的骷髅，今天，用这样亲切的关照代替了："同志，刹车好吗？"前一日，山谷里起了飓风，把公路两侧新栽的杨柳和梧桐拦腰斩断了。我们在这个山谷里急驰时，听到一个正在剪修整理树木的老人说："要能把风整住，那就好了。"接着，他就哈哈大笑。

多么豪迈的笑啊！这个老人，已经想象着，要征服大自然了！

滇西行

一

关于金沙江,我能告诉你什么呢?"金沙浪拍悬崖暖",毛主席在长征诗中,曾这样雄大而贴切地形容过它。它是不平常的,据当地人民说,在这条江里流着的,都是金子。金沙江是长江的上游,发源于青海。从青海省境起,经(前)西康、云南,一直流到四川省境的叙府,叫金沙江;叙府以下,就是扬子江了。要是江里流着的真是金子,那么,在这二三千里奔泻而下的,真不知有多少金子了。但它的秘密,却似乎迄今还是一个谜。在这二三千里的路程中,它究竟流过了多少雪山,多少草原,沿途究竟会合了多少江河,怎样会合的这些江河,也还没人认真地勘察过。我们只知道,它所流过的这块土地的年岁,因为经常地震,是比较年青的。也许在七百年前,忽必烈的骑士们曾目击过它的秘密,他们曾看见过金沙江在这块年青的土地上是怎样流的。当时，在忽必烈的率领下，他们为了向中国进行侵略，从大西北的青海山谷，就正是沿了金沙江直下大西南的。忽必烈的骑兵在云南丽江专区的石鼓渡过了金沙江，占领了丽江、大理、昆明，完成了对南宋的大迂回。据说石鼓是金沙江上的第一个大湾。这条江由北而南，穿过万山，奔腾而下，到了石鼓，忽然折回头去，由南往北流了。石鼓在我国历史上是个很著名的地方。这个滇西的要隘，现在还保留着诸葛亮点将台的遗迹。据说它就是诸葛亮五月渡泸、深入不毛的地方。石鼓是红军强渡金沙江的渡口之一，红军第二方面军长征到金沙江，为了达到北上抗日的目的，就是在石鼓强渡了金沙江的。

云南是一个富饶而美丽的省份。从经纬度看，它的位置是在亚热带；但从地势看，它的位置又是在高原地带——云贵高原，这就使得云南在各方面都非常出色了。我们经常说，云南是四季如春的，但这并不十分确切。确切地说，云南是兼备了寒温热三带的气候的。甚至在同一地区，都兼备寒温热三带气候。比方我们从丽江去石鼓，在丽江，是春季；中途，在某些山巅爬行时，是冬季；快到石鼓，一路下坡，下六十公里到金沙江边，已经是盛夏了。毛主席用浪拍悬崖暖的暖字形容过金沙江，而《三国志》，也曾很夸张过金沙江边的酷暑，据它描写，马岱所率的兵士，过水时一次中毒就热死了一千五百人。

云南向有中国的花圃、世界的植物园之誉。在云南，寒温热三带的植物是可以在同一地区繁殖的。丽江有一座山，叫美丽雪山，海拔五千九百公尺。美丽雪山的冰雪未消，山下黑龙潭畔的茶花、牡丹、玫瑰已经盛放了。这在云南，特别是滇西，并不是什么稀罕的事。

云南，是我国一个多民族的边疆省份。这个省份各族人民的生活，是美丽多彩的。云南，有许多翠色的高原湖，人民，正像高原湖水一样的明慧；云南，有永远开不败的花朵，人民，正像云南花朵一样的艳丽。"人在图画中"，这种惹人的意境，当你在滇西旅行时，是经常要强烈地感到的。但图画中的人，近百年来，却经历了很不平凡的斗争生活。边疆并不平静。帝国主义者和反动的封建统治阶级，曾贪婪而残酷地掠夺它，凌辱它。为了捍御祖国的边疆，捍御祖国的壮丽山河，云南人民进行了不断的顽强斗争。数不尽的可歌可泣的英雄故事，正像数不尽的美丽神话一样，在人民中间流传着。云南人民是勇敢的，富有革命传统的。他们对外抗击帝国主义的侵略，对内反对封建统治阶级的压迫，近百年来，一直到人民终于在共产党领导下获得解放为止，就从没有停止过。在我国近代史上，关于他们的英雄斗争，写下了光辉的篇章。

一八八四年的中法战争，云南人民和广西人民一起，在对法帝国主义的侵略军作战中，曾获得辉煌的胜利。人民在粤西农民起义的领袖、著名的黑旗军刘永福将军的领导下，此仆彼继，以百折不挠的英雄主义气魄，经过无数次胜利的和挫败的大小战役，终于在广西省境的镇南关（现已改为睦南关），一举击败了法帝国主义的侵略军。人民的胜利虽然被满清统治阶级出卖了，但法帝国主义却在人民的打击下战栗了。人民的英雄气概使法帝国主义望而生畏，保障了祖国滇桂的边疆。一八五六年，在太平天国革命影响下，为了反抗满清政府反动的民族迫害，以滇西大理为中心，爆发了声势浩大的杜文秀的起义。起义虽然是以反民族迫害开始的，但其后，却自然形成了各族人民反封建统治阶级的大联合。现在，当地人民在饭前肚子饿的时候，还喜欢说一句流行的口头成语，他们说："杜文秀要造反了。"这句民间俗谚，神妙地说明了那次人民起义的实质。一九一五年，为了反对窃国大盗袁世凯的复辟阴谋，在云南爆发了护国军的起义。起义激起了全国人民的爱国热情，袁世凯被击败，结束了他那丑恶而可耻的一生。一九四五年日本投降后，为了反对蒋贼帮的卖国内战政策，昆明人民举行了反对内战的大示威，人民的大示威演成了学运史上著名的"一二·一"惨案。"一二·一"惨案深刻地揭露了蒋贼帮统治集团的卖国主义的实质，给全国人民上了生动的一课。从一九四六年起，迄云南全省解放止，云南各族人民配合着人民解放战争，在共产党的领导下，在很多地区创立了人民自己的军队。他们有效地打击了蒋贼帮的统治，他们的英雄事迹至今还是各族人民所歌唱的主题。

二

我们在云南境内，基本上是沿了红二方面军进军的道路走的。我们从昆明出发，经楚雄、下关、大理、丽江，到达了红军的渡河点：石鼓。红二方面军和红一方面军一样，在渡金沙江时，曾巧妙地调动和指挥了敌人。红一方面军在元谋地区的交西渡渡江，渡了九天九夜，全部渡过后，蒋贼军周浑元的追兵才陆续赶到。红二方面军在丽江地区的石鼓渡江，渡了三天三夜，虽曾遭受过敌小部队和天上飞机的骚扰，但小部队很快就被我肃清了，一直到我军全部渡过后，蒋贼军万耀煌和胡宗南的主力才陆续赶到。所以在红军战士中，当时曾流行一出戏，叫"烂草鞋"。这出戏生动地给蒋贼军画了一幅肖像，形容他们尾追在红军背后，狼狈不堪，偶而在路上拾到了几双红军遗弃的烂草鞋，就彼此争夺，认为是可以向蒋贼报功领赏的莫大功绩了。

过石鼓，迎面就是一座大雪山，这座大雪山奇特地平地崛起，海拔近一万尺。当地人民叫它做沙鲁里山。现在，如果攀登沙鲁里山，只见层峦起伏，千里冰雪，尽在眼底。而山下，朵朵烟云，荡漾在万紫千红之间，忽聚忽逝，真有说不尽的奇丽。但当年，红军在这座山上，却进行过真正的战斗。蒋贼军约有一百人，守住了这个山头的卡子。因为山势险恶，不要说是一百人，就是以一根枪守在岩头，也很难攀登上去。何况这山上并没有路，而蒋贼军又狡诈地利用山崖，设了无数的滚木礌石。这种原始的手段在这座山上并不是全无作用，它对红军曾造成不小的危害。你可以设想，当我们在几乎无路的悬崖上向上攀援时，滚木礌石忽然发着碎裂的巨响在你的头顶上由天而下，这会是一种什么滋味。英雄的战士怒吼了。他们对党宣誓，一定不惜任何牺牲，拿下沙鲁里山的山卡。战士在冰雪中，选好了一处绝壁，借着绳索的帮助，悬吊在半空中攀援而上。一小时后，终于从侧面迂回到敌军的背后，占领了滚木礌石的阵地。对沙鲁里山的征服，正和对金沙江的征服一样，在当地人民中留下了难忘的印象。人民传说着，红军中有能人，红军飞渡了金沙江，飞越了大雪山，红军战士都是飞毛腿，都会飞的。

　　人民对红军的怀念，是无穷无尽的，有一个纳西族老人，今年七十九岁了，是个聋子，他天天都在问：红军什么时候回来？当有人设法让他知道，红军已经回来了，他有些不信。因为在他的印象中，红军中有很多十一二岁的孩子，现在的人民解放军，可没有那么多的孩子。他还保留着一只红军遗下的小洋铁桶。据他说，红军当年几乎人人都提着这么个小桶桶在墙上写标语。有一次，他把这个小桶拿给一个人民解放军战士看，那个战士立刻在桶里调了颜色，在墙上画了个小人，写了两条标语。老人这才笑开了。

　　另一个纳西族老人，大家都叫她王大妈。红军经过的时候，王大妈的孩子还背在背上。有六个十一二岁的红军小战士，住在王大妈的家里。他们一面逗她的孩子，一面跟王大妈讲道理。他们竟懂得这么多道理，道理讲到王大妈的心里去了，王大妈的心里亮堂了。红军走的时候，一个红军小战士在她的门上写了三个字："主人好。"王大妈不认识这三个字，等到问过了人，小战士们已经走远了。王大妈背着自己的孩子，赶了一程，她对红军战士喊着："红军好。"王大妈的孩子长大了。这孩子长到十多岁的时候，滇西北的人民，在共产党的领导下，组织了游击队。王大妈得了确信以后，没有迟疑，立刻把孩子送到游击队去了。孩子在游击队里受到了战争的锻炼。据王大妈说，这游击队是汉族、纳西族、藏族、民家族[1]、傈僳族等各族人民组成的，以丽江、鹤庆、剑川等地区的横断山脉作根据地，在人民解放战争的年月，光荣是说不完的。全国解放以后，这游击队编成了一个正规的团，这个团担负了艰苦的剿匪工作。一九五〇年，那个当年曾被红军小战士逗过的孩子，在石鼓通往金沙江边的铁索桥下，表现了非凡的英雄气概。他在和一群匪帮的作战中，顽强地守住了铁索桥，在铁索桥下牺牲了。他牺牲的时候，才满十六周岁。王大妈赶到铁索桥下去看了看她的孩子，她这次也没有迟疑，马上要求领导，无论如何，要给她分配一件工作。她坚决要求说：她一辈子什么也没学会，就会做炊事员。过去，一直是给别人办红白喜事，现在，她要为人民好好服务了。王大妈今年五十三岁，她现在是专署托儿所的炊事员。她对这个工作充满了热情，把自己的全部心智，都用在托儿所的孩子们身上。王大妈老是牵肠挂肚地盘算着：怎么才能把孩子们养胖呢？

　　我们从大理赴丽江，一路沿了苍山、洱海走，大理，素有风、花、雪、月之称。风，是指苍山顶上，当美丽的望夫云出现的时候，来自

----

[1] "民家"为白族的三大支系之一。

下关苍山缺口的大风。这种风经常在七级以上，风力可以使平静如镜的洱海发生真正的海啸，可以吹走岗哨和行人。花，是形容上关、大理和下关的花市，以茶花为最著名，据说在盛开时可以有百余种颜色。雪，是指苍山顶上的积雪，积雪终年不化。月，一说是：登苍山，望洱海，百余里翠色，宛如一弯新月。一说是：指苍山在洱海中的倒影。苍山和洱海，是一双孪生姊妹。以苍山，恰好可以填洱海。清晨，洱海中苍山的倒影，很像新月在水中的倒映。但我以为顶顶奇丽的却是苍山的云。苍山顶上，除了风季以外，经常为怒云所掩。这云，就像我们习见的暴风雨前陡起的怒云一样的浓，一样的怪，一样的迅疾，一样的有着传说中的龙似的凶恶的形状。但它有时却并不下雨。它仿佛是用人工倒挂在天上的，云外，依然是广阔无垠的碧蓝的天。它汹涌着，更反衬出山的青苍，和天的颜色。而在傍晚的刹那间，我们更可以看到云外的群星，滚滚怒云仿佛把天划了一条界线，群星就在逐渐暗下去的天外闪烁，这真是人世间绝无仅有的奇景。科学家说，所以会有这样的自然奇景，是因为苍山有一种矿物质，放射着一种强烈的"能"，至于究竟是怎样的"能"，就不是我们目前所知道的了。

出苍山、洱海，我们逐渐爬上了一个山脊。当我们回头正想再遥望一下这奇丽的自然景色时，忽然，仿佛从云外传来了牛角声。接着，跑来了两只竖起耳朵狞视着的大狼狗，一个牧羊老人和一个牧羊孩子，也跟踪从云雾里走出来了。据那个老人说，我们认为这样美丽的大理，二十年来，已经给国民党糟蹋得不像样子了。二十年前，红军经过的时候，大理还有着万松林之誉，大理城是看不见的。大理城和大理城外的农舍，都在巨大的古松覆掩下面隐蔽着。古松说是一万棵，实际上十万棵也不止。老人激愤地问：现在，你们在大理看到过一棵松树吗？二十年来，一棵也没剩，都被国民党砍光了。

在丽江，我们碰到了一个铁匠。这个老年的铁匠描述说，当年红军到了鹤庆，丽江的国民党县长就逃跑了。红军的先遣部队只有四十多人，进占丽江后分成两路，一路出北门，占领了北门外的高地；一路过伪县府，打开了伪县府的牢狱。牢狱打开后，红军马上到街上请来剃头的给囚徒们剃头，请来铁匠给囚徒们砸镣。老铁匠说，他当年一口气砸断了七副脚镣。想了一想，他又笑着补充说：现在，共产党把我们所有人民的脚镣都砸开了。

三

滇西，是个神话的世界。

我们曾经谈到过苍山的云。但苍山，也有万里无云的时候。每当万里无云的时候，望夫云就要出现了，望夫云，只是一朵云，这朵云，据说风鬟云鬓，很像一个美丽的女人。她挺立在苍山十九峰的一个峰、龙泉峰的顶巅上遥望。人们对奇异的望夫云创造了很多神话，这些神话很像我们所熟知的白蛇传。但结局却和白蛇传不一样，她没有给法海镇在雷峰塔下，她化作了望夫云，在苍山顶上向人间倾诉着她的不幸。她的倾诉实际上也是一种警告，警告着在洱海航行的船夫们：大风要来了。洱海的航海家们，是以望夫云的出现作标志，躲避着风暴，或准备和风暴作斗争的。

无论是大理的民家族，还是丽江的纳西族，妇女都是主要的劳动力。我从来没见过有什么地方的妇女，劳动力有这么强的。纳西族的妇女，都在腰上系一张羊皮，她们肩上饰有日月，背上戴着七星。肩挑日月，身背七星，是一种象征，这象征着她们披星戴月地从事劳动。

纳西族因为和汉族杂居，早已进入封建社会了。纳西族封建统治阶级对待妇女特别残酷。多少世纪来妇女在这种残酷的、已经形成了习惯力量的封建统治下呻吟着。她们的地位甚至不如家里的牛马。纳西族姑娘大都是指腹为婚的，结婚后，一辈子穿的用的都要仰仗着娘家。在丈夫的家庭里，她们只有劳动的义务，没有享受的权利。她们要用劳动养活自己的男人，养活不起，就得被人指责，被人笑话。她们什么人的气都要受。一个姑娘对我形容说，在从前，她们连天井里的石头，大门的门槛的气都要受。那时候，妇女爱用这样一首短歌形容着自己的生活："天上有九个太阳，九个月亮；九个太阳，晒的人没处藏；九个月亮，冷的人似筛糠。"买卖的婚姻制度束缚了纳西族青年男女，然而，纳西族的青年男女却是热爱自由的。那时候，青年男女在绝望的时刻，据说，就吹起一种用竹片做的口琴，这种口琴吹得出多色调子。但琴音虽能传达情感，却无力解脱痛苦。等琴音传递了恋慕的消息，吹到彼此心里去的时候，他们往往就爬上美丽雪山，一起去投崖、上吊、吞食鸦片。死前，情侣们一唱一和，宣布着自己的恋慕和理想，幻想着另一个美丽的世界。

> 鸦片烟是有毒的，
> 我情愿给鸦片毒死，
> 让我死后遍地开满了芙蓉花，
> 尘世那里有这样的美丽？

有时，就这样从傍晚一直对唱到天亮。

但现在，尘世却比他们的幻想更美丽了。当我们要求一个姑娘唱一些这样的短歌时，她笑了。

"现在可以正正经经地谈，也不一定唱了。"她告诉我们说。

但她告诉我们的，并不是真话。现在，纳西族青年仍然热爱着跳舞和唱歌。当然，是一种欢乐的歌，叫做"阿莉莉"。

白天，纳西族青年在田野里扯起了劳动竞赛的红旗，肩挑日月、身背七星的姑娘们洋溢着欢乐。入夜，无处不荡漾着流泉的丽江街头，再没有谁妨碍他们跳舞唱歌了。当流泉在月夜下淙淙跳动的时候，他们往往就跳到深夜。我们在黑龙潭畔，曾遇见一群男女青年，经我们稍作请求，他们立即围成一圈，跳起来了。他们边跳边唱道：

      阿莉莉，客人从来没有这么多，

      你们拍照，我们跳舞又唱歌。

      阿莉莉，解放后纳西人好快活，好快活！

散了以后，有两个纳西姑娘好像并没有尽兴，她们躲到黑龙潭畔的垂柳下，忽然唱起陕北民歌来了。当我们寻声而至时，她们不见了。接着，不知是藏在了什么地方，她们顽皮地吹起了嘹亮的口哨。

今年三月十五日，俗称三月街的节日，在大理的苍山脚下，举行了旷古未有的节日盛会。八个自治区的各族人民都骑着骏马来了。他们到苍山顶上看日出，在苍山脚下赛马、射猎、打弹弓、相互交易。当苍山映入洱海的时候，他们狂热地尽情歌舞着。

美丽的滇西从没有像在我们这个时代这样地美丽过。

金沙江里的金子也不再是神话了，人们在金沙江两岸地区发现了丰富的有色金属的矿苗。过去云南人常常埋怨本省的江河，嫌它们流行得太不规则。人们说，水一流出云南，山势就小了，水就可以通航了。现在，再也听不到这种叹息声。经过初步勘察，人们知道：不只是他们那壮伟的群山里有着无尽宝藏，而且，他们的江河也可以提供最充足的开发这些宝藏的电力。现在，人们这样自豪地说：

"我们有一天，要为东南亚各国提供电力。"

有一天，滇西这个美丽的神话世界，要变得比神话更美丽！

安顺场

——我国近代史的见证人

一

我们希望能在七月一日，在伟大的党的生日这一天，去访问安顺场。

安顺场，这个对北京说来是这样遥远的大渡河边上的小镇，在中国近代史上是很驰名的：它是中国近代史的见证人。

约一百年前，清同治二年三月二十七日，太平天国的名将石达开，在强渡了金沙江以后，经彝族聚居的大小凉山地区，到达了安顺场。他没有能够渡河，在错误的少数民族政策和错误的军事指挥下，他覆灭了。随着石达开远征十余省的太平天国底革命人民，在石达开覆灭以后，坚贞不屈，没有谁甘心作满清统治阶级的俘虏。无论是老人，无论是孩子，无论是从军的妇女，包括石达开的妻子儿女在内，都英勇坚决地用白裙覆面，跃身投入了大渡河。据说，在当年，人民的悲剧使河面宽阔、惊涛骇浪的大渡河水都为之拥塞，为之染赤了。安顺场，就是这一悲剧的见证人。约七十余年后，人民的军队在伟大的中国共产党和伟大的人民领袖毛泽东同志的坚强领导下，于一九三五年五月二十四日，又强渡了云南省境的金沙江，经彝族兄弟聚居的大小凉山地区，到达了安顺场。这一次，大渡河水的汹涌激流，没有能够阻止人民军队的前进，覆灭了的是反动统治阶级的军队，胜利了的是人民的英雄的红军。十七个人民英雄，在敌前首先强渡了大渡河，继之，红军沿安顺场至泸定的大渡河两岸，像疾风扫落叶一样，摧毁了反动统治阶级的节节抵抗。同样在安顺场，同样在安靖坝，同样在化林坪，同样在松林小河，同样在冷碛，同样在泸定，红军为七十年前的人民弟兄复了仇，人民的悲剧一去不复返了。安顺场，就是红军这一伟大胜利的见证人。又二十年，胜利了的中国人民，派遣了一部分百战百胜的人民军队，又来到了安顺场。这一次，人民军队不是和反动统治阶级的军队作战，而是和大渡河两岸雄伟的大自然作战来了。原来沿安顺场的深山大谷中，是世界上蕴藏量最大的石棉矿区；人民军队这次是以近代的产业工人面貌出现的。人民解放军的战斗英雄们，成了祖国工业建设战线上的先进的劳动模范。人民世纪的安顺场，现在是世界上最大的石棉矿区之一了。同为当年红军渡河点、距安顺场仅约十五公里的农场，原本是一个只有三五家茅草棚子的小山窝，现在却已经改名石棉，建设成一个近代化的新型工业城市了。安顺场，又是这样一个伟大的社会主义建设的见证人。

　　我们在一九五五年七月一日，到达了安顺场。

　　据给清朝官吏篡改过的"石达开自述"说，太平军兵临大渡河时，大渡河正在涨水："……只要抢过大渡河，即可安心前进。不料走至紫打地土司地方，探看上下河岸皆有官兵，河水忽涨。……"而据四川总督骆秉章给皇帝的奏折,也说石达开到达安顺场的时候,河水陡涨:"遂由小路于二十七日径奔土千户王应元所辖之紫打地。是夜松林小河及大渡河水陡涨数丈。……"因此我们知道,翼王兵败之时,大渡河水曾经作过怪,它在一转眼之间,陡涨了数丈。据今人记载的红军长征史料,也说当红军强渡大渡河时,大渡河曾经在刹那间涨了水:"……红军至大渡河时,时已五月底,气候已暖,上游雪山正融解,故水势暴发,水流甚急。"因此我们知道,当红军远征至大渡河时,大渡河同样作过怪,上游雪山正融解,无怪有"大渡桥横铁索寒"的名句了。凑巧的是当我们访问安顺场时,因前一夜上游豪雨,大渡河也正在涨水。我们虽没亲历过当年那些伟大的历史年月,但同一条涨水的奇异的大渡河,总算是领略过了。据当地人民告诉说,大渡河水只有在冬季,才比较安静,才有些准儿;到了春夏秋三季,就连最有经验的船夫,也摸不准它的脾气了。只见"乱石穿云,惊涛拍岸",大渡河水,怒与天接,从山巅俯视山谷,大渡河就像匹练悬空一样,倾泻而下。有时,简直辨不清什么地方是天,什么地方是水,什么地方是怒云,什么地方是巨浪,什么是巨雷的声音,什么是骇浪的声音了。生活在大渡河上的船工们,十之六七都死在大渡河这种怪脾气里。红军英雄们强渡时,驾驶第一船的老船夫刘学仲,就是在一九五一年,为了修流沙河大桥,在放木料到富林去的途中,碰在暗礁上,淹死在大渡河的滚滚激流里的。

二

解放以前,从雅安到安顺场,只有当地人民背煤的小路可通,在翻越横亘在中途的大相岭泥巴山时,恐怖造成了迷信,人们总要在山脚下烧香，一路祈求平安，祈求爬到山顶时不要被险恶的风雨卷去。泥巴山巅，一年四季，是无时无刻不在风雨冰雪中的。偶然有一两个时辰的晴天，当地人民反而要鸣锣示警，以为奇异了。

解放以后，在人民政府的坚强领导下，雅西公路已通车。人民征服了泥巴山。泥巴山不再是"妖魔"出没的"鬼神世界"，山脚下借香烛纸马以敛财的店主们也纷纷改业了。但泥巴山确实是凶恶的。泥巴山上下约七十公里，气候变化的非常古怪。我们来回两次经过泥巴山，上山约十里，即进入乱云迷雾的世界。山下是大太阳，山上则是阵阵的疾风暴雨。车辆行人，老是在迷濛的云雾中前进，经常要在养路工人的吆喝下，才能辨认隐没在云雾中的前进方向。养路工人经年的为了保障行车的安全，在泥巴山上向坍方进行着斗争。

下山以后，就是汉源。据说，红军当年在安顺场和泸定桥两处强渡大渡河以后，本是计划经荥经、汉源，直趋雅安，由这条当时的所谓大路入川的；因为汉源高地已为蒋匪军所占，居高临下，据险而守，强攻不易，所以才改走天全、芦山翻夹金山这条小路的。现在，汉源城已荒废，汉源县人民政府，也已经迁到大渡河畔的富林去了。城下是流沙河，河槽宽阔，平日是一望无际的流沙，河水甚浅，但到了山洪暴发的季节，却常常要威胁到汉源城的安全。当地人民根据"西游记"，断定流沙河是沙僧的藏身处，所以在不远的山头上，又有纪念性的晒经亭，相传唐僧取经归来，在流沙河为巨龟所戏，把经书淹在河里，曾在那个山头上晒过经的。我们在滇西旅行的时候，曾经到过火焰山，曾经在火焰山下相传是牛魔王的洞府牛街流连过，也曾经到过当地人民盛传的猪八戒的办公室，还在猪八戒办公室处购买了土特产腌辣子，现在又到了收沙僧的流沙河了。这是并不奇怪的，这是神话。当地的民间传说、民歌本来很丰富，"西游记"便和那些民间传说结合起来了。在过去，人民在反动统治阶级的残酷压榨下，便把美丽的想象和热望寄托在那些美丽的神话里了。至今，汉源城还遗留着满清政府和蒋匪帮残酷统治的遗迹。那就是：汉源城内外比比皆是的乱葬的坟场。坟场依山傍水，作阶梯形，一层又一层几乎使汉源城内外十余里方圆没有了丝毫空隙。我们沿泥巴山而下，只见桑林桐木之间，除断垣残瓦以外，尽是反动统治时代受尽折磨的人民的丛葬处，真是触目惊心。今天，汉源除汉源中学外，已剩下了不多的几间房子。但在汉源中学学习的男女青年们，却不再满足于古老的神话传说了，他们要脚踏实地的走向美好的未来。我们曾两次在这所中学门前停车，两次都看到三三两两的各族男女同学们，夹着笔记、满怀信心地热烈讨论着什么。我们在泥巴山下，也曾访问过这样的女青年，她今年才不过十九岁，但她在四川某中学毕业以后，已经毫不讲价钱地在这个僻远的深山中工作了两年了。两年来她没有想到过回家。内地已经是炎热的盛夏了，但这个美丽的乡村女教师在泥巴山下还穿着棉袄，我们发现她的时候，她正隐没在一所场院里带了孩子们打篮球，她不带一点矫饰地说："我的愿望就是要使得这些孩子的青春比我更美丽。"这个看起来很娇弱的女孩子，却起了一个普通的男性的名字，当我指出了这一点的时候，她没有回答，坦率地递给我一大杯白开水，笑了。

富林是现在汉源县人民政府的所在地。据说，这个当年的小镇子曾被红军占领过。从富林东北行约一百二十里，是团宝山。和所有的矿藏丰富的宝山一样，当地人民盛传着这样的神话：有人看见一个白胡子老头，无论是怎样恶劣的气候，都日夜不停地在山上策杖巡行着，他叹息着，托梦给当地人民，告诉他们，说山上有无尽的聚宝盆、金马驹，劝他们去寻找开山的钥匙。说谁要是找到这个钥匙，谁就会富一千年、一万年，谁就会造福于人类。但没有人找到过也没认真地找过这把开山的钥匙，人们对这样的神话过去只能诉诸想象。不仅山里面的宝藏无从探问，连山上的原始森林也给国民党匪帮和恶霸地主霸占了。团宝山上尽是一望无际的原始森林，原始森林里的杉木和松木，几个人都不能合抱。山崖并产一种极为贵重的木材，叫阴沉香杉，是崖层多年变化压集而成的一种坚硬的矿物质的木料，当地恶霸地主霸占了阴沉香杉的采伐，他们把这种贵重的木材用做死人的豪奢的棺木。但随了人民的解放，蒋贼帮这种对团宝山财富的统治也结束了。共产党领导着人民，认真地找寻起这把开山的钥匙来了。一九五一年，派来了勘探队，从各地来的优秀的工人阶级的子弟们，在团宝山上支起帐篷来了，为了支援祖国的社会主义建设，人民政府派来了强大的伐木队，巨大的杉木和松木，正日夜顺大渡河向着扬子江漂流。

原始森林里现在还遗有孟获城的故址。这一带，流传着不少的诸葛亮南征的故事。但这位封建时代的英雄人物，在毛泽东时代的人民英雄们面前，是显得多么渺小啊，他想也没想到过，在孟获的故里，会出现巨大的近代化的工业，孟获的后人，正不断涌现出优秀的近代的产业工人，并获得先进的工人阶级底模范工人的称号。

万林以下，公路就沿了大渡河蜿蜒前进了。筑路工人劈开了北岸的峭壁悬崖，使我们得以在大渡河滨乘车急驰。大渡河西岸山峦陡峭，陡起的巨浪往往和山巅倾泻而下的匹练相接。有时，滚滚而去的白云忽然在半山幻化成一条长线，仿佛系在山腰的一条缥缈的带子；有时，起伏的山巅全部为黑压压的怒云所掩，虽在白昼，也可以不断看到划空而逝的急遽的闪电。大渡河水是青苍的，由无数漩涡所组成，前浪方起，后浪继至，它们彼此争夺着，冲击着，满河都是被击碎的飞溅扑岸的浪花。抵石棉，走过雄伟的、在一九五一年落成的石棉大桥，迎面就是一块巨大的怪石。这一峭立的怪石自然地形成了大桥的桥头堡。汽车从怪石下漆黑的隧道穿行而过，豁然开朗，眼前矗立着一所雄伟的三层大楼，曰：新华书店。新兴的近代化的工业城市石棉，以振奋人心的崭新的姿态涌入眼底了。

三

安顺场，在翼王扎营的时候，据当地的老人相传，本坐落在现今的营盘以上。营盘，是因太平军扎营得名的。安顺场，有许多纪念太平军的地名，如马鞍山，据说就是在石达开军中粮尽时牧马的地方。坐落在营盘以上的山腰里的安顺场，——当年叫紫打，——在石达开兵败以后，已经给清军烧光了。它迁到现址，并为清政府更名安顺，是石达开兵败以后的事情。关于石达开，安顺场的人民顽强地不信任清政府官书的记载，他们不能想像这位太平军的名将会有一个可耻的自缚赴清营的下场。因之，他们祖孙相传，说石达开其实是隐没到一个什么地方做和尚去了，那个自缚赴清营的，不过是个冒名顶替的角色。关于石达开终于不能渡过大渡河，读史的人在研究其原因时，是常常要为之扼腕的。但当地人民却有另一种解释，他们说清军本来阻不住太平军渡河的，之所以没有渡过去，是因为翼王庆祝儿子的满月耽误了。这当然是一种不经的解释，但人民却宁愿相信偶然，也不愿相信清反动统治军队果真还有什么足以击败翼王的力量。这个故事的特色，是特别夸张庆祝满月时全军响入云霄的锣鼓声，人民把太平军描写为一群快乐的人。

安顺场，现在是汉彝人民相互交易的活跃的小镇。从石棉到安顺场，没有公路，需弃车乘马，但马其实是骑不了几步的。我们不时要为危崖所迫，下马做蛙式，攀拔跳跃前进。这不禁使人想到，当年红军强渡大渡河后，分两路沿大渡河两岸的山径平行而前，一日夜急行军一百八十里，是需要什么样的一种革命英雄气概。这种革命英雄气概，使翼王的名句，所谓"勒面渡悬席，弯弓射胡月"，相形之下，都大大为之逊色了。

近安顺场，在大渡河水波浪滔天的轰隆巨响里，忽然传来鸡鸣犬吠的声音。安顺场，有一条整洁宁谧的小街，这条小街用混凝土铺路，路两边新栽的垂柳，看起来虽不过才经历过几年的风雨，却已是垂枝覆地，能随风摇曳了。

据说，红军当年就是顺了马鞍山方向压下来的，占领安顺场以后，立即在安顺场的水东门吊起炮，架起机关枪，封锁对岸的安靖坝，掩护十七勇士强渡。今天，水东门据当地人民指点说，还是当年的老样子，水东门外红军的渡河点沙湾，却已经由于大渡河水的冲击而崩坍，随大渡河的滚滚浊流奔腾而去了。

沙湾，原名炮台，也是为了纪念太平军而得名的。这是个小小的平坝子，除桑园以外，每年可收百把担谷。当年，红军渡河的时候，这儿原有许多棚子，棚子附近，红军点起了大火，几十个船工，分成四班，船不歇气，人只在换班吃饭的时候才歇口气，就这样日夜强渡。换班的船工就在那些棚子里休息。据说，朱总司令就曾在这些棚子里，用通俗的家乡话，鼓励过那些船工们。

安顺场的恶霸反革命分子赖自忠，当年是蒋贼军二十四军的一个营长。在红军到达之前，他正拼命往对岸抢运他府上的金银财宝。他派了很多探马，到各路去侦探红军的消息。他的消息，应该说句公道话，是相当准确的，他知道红军距安顺场还有百把里。所以，当夜，他放心大胆地把一条仅存的船系在沙湾，在他的府上睡觉去了。他做梦也没想到，红军会这样神速，一夜之间，就到了他的大门口。相传在发现情况以后，他还以为是附近山头的彝民捣蛋，要派兵去剿，直到知道已经无兵可派，这才相信真是红军来了。这家伙在解放的前一年，还在装潢他那尊贵的府第，他驱役当地人民，给他盖了一所大楼，新楼落成之日，他请某书法家题了一块牌牌，曰："退思补过之轩"。

我们便被区人民委员会招待在他这个"退思补过之轩"里。

红军渡河时的船工，今天已经没有几个，而且大都是五六十岁的老人了。他们都住在对岸，只有一个帅仕高，住在这边。帅仕高当年只有十七岁，如今正在壮年。红军临别，曾送过他一匹走不动的马，他把那匹马牵回家，连看还没来得及看一眼，就被蒋匪军拉走了。他逃到红坝，躲了好几个月才敢回家。蒋贼统治时代，他一直是个打溜的干人（即穷人），除有一个女儿外，任什么都没有。土改以后，他分了二亩二分田，父女两个又开了些荒，现在养了一头牛，一头马，参加了互助组。给女儿招了个女婿，生了个孩子。他比划着告诉说："今年，孩子跟新养的猪儿子，都有这么长了。"

住在河对岸的船工们，先一天已经得到通知，说我们来了。但大渡河正涨水，船不通，区委早就下了封船的命令；所以虽说只有一水之隔，他们到安顺场，却不得不绕道石棉，绕行六十里。我们估计要到傍晚，他们才能到的。可是，天还没午，他们忽然就来到了，他们是冒险划船过来的。当我们不免因这一冒险的行动而担忧时，一个六十三岁的老人把手一挥说："红军都渡过了，这点小浪头，不怕，不怕！"

于是我们在一起，在这个富有历史意义的地方，庆祝了伟大的共产党的生日。

和我们在一起的，还有一个掉队的当年红军的医生。他在中央根据地的医科大学受过医药科学的训练，长征时候掉了队，二十年来，他隐姓埋名地流落在安顺场。他给我们讲了他所经历的这二十年来的漫长的故事，这是个黑暗的、愚昧的故事，包括盗匪、欺诈、堕落、谄媚、鸦片烟、逃亡和暗杀的使人恐怖的故事，然而却是国民党地主豪绅统治时代一个真实的故事，一个对前途丧失了信心的人在那种社会里所能经历的最普通的故事。现在，中国医科大学重新颁发了他一张第一期毕业生的毕业证书，他才又重新做起人来了。去年，他被派赴彝族自治乡的卫生站工作，他不辞辛劳地耐心地用自己的医药科学知识，和少数民族弟兄那种自古以来生了病就是打牛、打羊、用树枝卜卦的疗病的习惯作竞争，他说，他多少已经有了一些成绩，逐渐赢得了一些信任。有一个女人难产，看看要死了，经动员后，急送到卫生院，母子安全出院了。这女子回到家，坐不住，她在床上转来转去地想不通，到底是托合作社的女同志写了两封信给人民政府，感谢政府和毛主席的恩情。而现在，他们那一共四个人工作的卫生站，居然也有了一个受过初级训练的少数民族的女同志了。他感叹地说："解放几年来，安顺场的变化是多大啊！"

是的，安顺场在变化中。如今，安顺场不再是黑暗的、贫困的地方了；不再是一里路外就不能通行的袍哥大爷、土匪惯窃出没横行的世界了；更不再是汉彝弟兄在蒋贼帮挑拨利用之下互相仇恨、以短刀相见的场所了。如今，人民的安顺场是个美丽的小镇，人民无论白天和黑夜，都可以自由地走来走去。汉族生了病再也听不到所谓彝民放蛊的谣言，彝族也用不着害怕私商的欺诈了。彝族弟兄现在用不着拿一只老母鸡换一颗针；因为缺盐而把盐巴拴在锅庄上用以示意的日子，是永远不会再有了。他们可以自由地下到安顺场来赶集，用公道的价钱随意购买自己所需要的任何东西。为了帮助彝民生产，改变其火耕刀种的老习惯，人民政府给少数民族弟兄无偿发放农具，并且按其习惯的式样，打好了送进去。两年来，这种无偿的各式农具一共发放了三十五万七千七百三十件，折合人民币是七十六万元。彝族弟兄和汉族弟兄一样，正急遽地改变着生活面貌。安顺场本来是富裕的，当地除了谷类生产和蚕桑之利以后，还盛产白蜡。蜡树自从回到人民的手里以后，白蜡的产量有了显著的提高。去年，有一家农民，只在白蜡的生产上，就获利五百元。我们沿大渡河两岸走，眼下不断涌现出洁净的、用洋灰泥顶的新造的房子。

安顺场的人民，因毛主席朱总司令曾经到过他们这地方，而非常自豪。傍晚，对岸来的老船夫们要回去了，我们送他们到河岸。在河岸上，一个老人忽然停下来，意味深长地回头对我说："我们这安顺场啊！"他再没有说出一个字，他的炯炯有神的眼睛正向安顺场周围的群山注视着，这些山上，一条条蜿蜒曲折的白色的石棉矿苗已经露头了，我想我懂得了他的意思。

船过对岸，需向上流牵行二华里。我们在河岸等待着。这时，从西南方涌上来的乌云，已经迅速地超越并掩覆了山巅，我们担心着，船在江心要赶上暴风雨。我正站在一块伸入水内的巨石向上游焦灼地瞭望，忽然听到有人喊了一声"来了"，我还没来得及回过头来看个仔细，只见巨浪里一条船已经像离了弦的箭一样笔直地向对岸山崖冲去。我仿佛隐约听到老人们的吆喝声，有人说，这是为了压浪子。我心想，"糟了！"但话还没出口，船已经掉头，在对岸桃子湾拢岸了。

这使我陡地记起在大渡河岸碰上的一些青年。这些青年是到石棉去参加了纪念"七一"的大会以后，赶回来的。他们三三两两，有男有女，有穿着普通服装的汉人，也有披着状若披风的所谓擦耳挖的彝人。他们和我们擦身而过，微笑着和陪同我们的刘县长打招呼，纯朴的脸上流着汗，大踏步地从我们身边向前走去。这是一些刚毅的青年，在他们那青春的脸上流露着信心。从那条箭一样的船，我想到这些青年，我想，任凭什么样的险恶的风浪，也阻留不住这些青年人的脚步了！

四

安顺场的群山属石棉矿区。红军和太平军当年扎过营的那些山头，经初步勘探，藏有巨量的可以纺织的世界上的头等的石棉。

关于石棉，中国劳动人民，是远在一千几百年前就已经发现了，我们的祖先那时候就具有了用石棉纺织的智慧。据史书所载，后汉桓帝时，大将军梁冀就曾经得到过这样一件仙衣。他穿了这件仙衣宴客，假意失手，使这件崭新的衣裳洒满了油迹。座客同声为之惋惜了。他于是就把这件衣裳投到烈火里去，说是要以火浣衣。座客都以为他是在说笑话，谁知衣裳经过烈火的燃烧，不仅油迹没有了，而且是更新艳了。梁冀从容不迫地又把它拿来穿在身上了。

石棉的开采权，在蒋贼统治时期，一直给富林一个恶霸地主羊某霸占着。他招募工人的方法是在春荒的时候预借粮食，谁吃他三斗五斗的粮食，谁的腿就算给他拴上了。上山采棉，他规定的价格是二斗包米一百公斤原棉。用他的家私，外加原棉三百五十公斤。他用的是二十两秤，双天平，两公斤还折不到一公斤，而且大小管事还都得吃一部分，只要他在账上多打两个圈，多划两个叉，就怎么算，怎么短他的。有人吃了他三斗粮食，从七月挖到翌年四月，连挖了三年，这三斗粮食还没有还清。棉还不清，田给他收走了，牛给他牵走了，白天赶上山去挖棉，夜里就给他扎上脚镣。最后，连老婆也给他抢走，送到土匪窝里去了。

这种黑暗的残酷剥削，对矿山不能不造成严重的破坏。一九五一年，当人民解放军某部奉命转业建设，开到矿山来的时候，矿山已经给糟蹋得不成样子了。只见在山崖的巨石覆翼下，有些像鬼一样的人，七八个拱在一起，在风雨里抖索着，这就是矿山上的工人了。

转业建设的人民战士在最初的一些日子里，是非常困难的。他们不熟悉生产业务，但生产数字却必须完成；武装的反革命匪徒还没有肃清，他们必须一手拿枪，一手拿镐；一面剿匪，一面生产；暗藏的反革命分子在暗中窥伺着，矿区不断遭受着破坏和伤亡；山上，人民战士既无住处，又缺粮食，既没有路，又没有水喝。但人民战士并没有气馁，祖国需要，党号召，人民战士在共产党领导下，就有本领完成。三年以来，在这个矿区，涌现了多少可歌可泣的革命英雄事迹呀，由班长醮福堂、谢占彪领导的生产小组，一九五二年首先突破了全矿区的生产纪录，月产原棉十吨。其后，数以千百计的先进的模范人物出现了，现在，十吨对他们来说，已经是一个渺小的数字。武装的反革命匪徒被剿灭了，路修通了，巨大的矿山开始按计划生产，新型的工业城市石棉建设起来了。无论是在工区，还是在石棉，入夜以后，都灯火辉煌，播音器播送着来自北京中央人民广播电台的雄壮的歌声："草原之歌"。

一个近五十岁的老工人，兴奋地对我说："这会儿，跟过去是不能比了。我二三十岁的时候，背也背的动，挑也挑的起，一天干到晚，不要说光荣，连饭也吃不上，草鞋都穿不起；现在快五十岁了，我倒有了光荣称号了。就这一点，我就体会到共产党的伟大！"

转业的人民战士，在开始的时候，因为有剿匪的任务，还保持着部队的作风：立正，稍息，吃饭唱歌。从一九五二年下半年起，才逐步改变为工矿企业的管理方法。现在，小伙子们已大半结了婚。矿上有一个不成文法的制度：谁要是结婚，大家就在公余去互助替他盖房子，在山上割草砍树，混水和泥。我们访问了十多家这样的房子，房内大都是崭新的木器，很洁净，而几乎家家床上，都躺着个一岁左右的胖娃娃。

矿上的工人家属，组织了洗衣组，缝纫组，替单身汉服务。有的参加了矿上的生产。选矿和加工的厂子里，大半是女工，这些女工背起百余斤的石棉，可以行走如飞。有一个从山东来的家属，现在已被选为劳动模范。她们希望能在新建的光荣亭里，占有一定地位。

当我们由年青的工段长引导，在坑道里访问各个挖矿小组时，几乎每个小组都异口同声地说："我们要为祖国生产更多的财富，积极支援解放台湾。"

但潜藏的反革命分子对这种情况是不甘心的。有时候，在风雨之夕，在矿厂附近的原始森林里，会忽然出现飘忽不定的灯火。很明白，日暮途穷的反革命分子还在诡秘地窥伺着我们，先进的工人阶级，还需要百倍地提高警惕！

虽说这个矿区，在短短的三年里，已经获得了巨大的成绩，但工人阶级，是不会以此为满足的。矿区的党委书记，为我们表述了他如下的理想：他希望有一天，大渡河能够建设巨大的水力发电站，大渡河会把大渡河流域的所有矿区联结起来。那时候，大渡河将不再是一条危险的河，从乐山到泸定，大渡河将会通航，他幻想重庆开来的轮船，有一天会直达安顺场！

　　但这不是幻想。我们深信，在人民世纪，是用不了多久时间，幻想就会变成事实的。安顺场，在今后的某一天，也一定还会是共产主义建设的见证人。

草地颂歌

一

在我们伟大的祖国，有无数辽阔的草地。关于它们的秘密，我们没有什么可骄傲的，老实说，还不怎么知道。地质学家还没有认真地在地理课程中描写过它们；而诗人，也只是在一九四九年以后，才激于爱国主义的情绪，注意到它们那绚丽的色彩。草地，和生活在草地上的豪迈的人们，世世代代也有着属于自己的质朴而美丽的歌。草地的歌手们，曾一再歌唱过草原那奇异多彩的生活，歌唱过勇敢剽悍而又真诚动人的草原人民的性格。但草原之歌，既很少传下来，更很少传到草地以外，歌声迅疾地飘过起伏辽阔的草地，就在草地尽头消失了。歌声和草地在某种意义上也可以说是凝合为一了；地久天长以后，其本身也就成了草地那种独特的特征之一了。

但是有一块草地，我们却都知道它、熟悉它。当我们想到它、说到它的时刻，我们往往忍不住在心里沸腾着自豪和骄傲。六亿革命人民，无论是老人，还是孩子，在内心都对它有着那么一种深挚的感情。毫不夸张地说，这是一种伟大的感情。这种感情给予了我们一种巨大无比的鼓舞力量。当我们在艰难的时刻，在绝望的时刻，在一个普通心灵承受不住考验的时刻，我们自然就会想到它，自然就会记起它；而当我们想到它、记起它的时候，我们的勇气恢复了，我们的信心坚定了，我们的战斗意志千万倍地高涨了。它，教育和鼓舞着我们，使我们有力量战胜看来是濒于绝望境地的、无力战胜的最凶险的敌人。它，引导我们走向胜利。它，就是胜利！

我个人，就曾不止一次地为这种伟大的感情激动过。多少年来，在战场上，在战线后方，正像一个平凡的作家那样的，我访问过我们这个英雄时代的无数英雄，我曾和无数走向英雄之路的革命战士和革命人民谈过话，从这些谈话里使我知道，在艰难的时刻，他们正都是这样想的："比起当年红军过雪山草地来，我这点艰难算什么呢！"红军过草地时的英雄形象，好比海啸时候的灯塔，在最黑暗的时刻，照亮了所有革命战士的心！

这一次，我终于有机会来访问草地了。

草地的心脏，纵横平均约六百余里，是沼泽的家乡。红军把它叫做水草地。水草地的气候变幻莫测，日日年年，时时刻刻，都是忽风忽雨，忽霜忽雪，要不，就是一场大冰雹。天是看不到的，所谓天，乃是笼罩在无际草原上的阴沉寒栗的迷雾。地是可以看到的，所谓地，往往就是掩覆在丛密草原下的如胶似漆的泥泞的陷坑。草原无处不是水，但对于人类的生存说，却等于没有一滴水。水的颜色是淤黑的，或者是浑赭的，不止是喝了会中毒，即需要蹚水而过的时候，也要极度小心。假如有谁的脚给水草划破了，那么，继之而来的就会是绝望的溃烂！草原似乎到处都是路，但连真正的路，走起来那种乱颤悠的程度，也宛若走上了悬在半空中的绳索。走这样的路，需要积累一种非凡的技巧和经验。路面的坚韧仅只是由于草根的联结，下面是不知有多少深的污泥塘！但即使是这样的路吧，它究竟在哪儿呢？在无际的草原上，哪儿才由于草根的联结，能够支持一个人的重量呢？据说，在草地，能辨认这种真正的路的，直到今天，还只有生长在草原上的最富有经验的牦牛。然而，根据若干历史文献的记载，似乎红军当时并没有得到过这种牦牛。在草地，红军前进的道路，是靠了自己开辟的。

诗人说："蜀道之难，难于上青天！"但诗人没有想到，在蜀道之侧，就是草地。草地之难，不仅难于根本没有路，更难于根本看不到天。

红军之难，不只难在白天要探索着走在这样的路上，还难在入夜就要露天地睡在这样泥泞的路上。红军过草地，已经是八月底了。但我们知道，草地居民，即使是在盛暑的时刻，也是离不开皮袄的。海拔三千至四千公尺的高原气候，本来是险恶的，而八月底，在草地，那已经是大风雪的季节了。红军英雄们，经过了将近一年的千万里征战，身上本来是单薄的。而这时候，不止没有足以御寒的皮衣，就连单衣，也早已四分五裂，难以蔽体了。入夜，草原上狂风骤起，雨雪纷飞，什么是英雄们躲避刺骨的风雪的地方呢？英雄们每夜每夜，都是三三两两，在潮湿的草地上，背对背地坐着睡的。这样的相互依傍，是为了相互吸收一点发自彼此体内的同志热！那时，红军战士说了一句笑话：我们唯一能够借以取暖的，只有同志们的脊背！没有柴，偶尔捡到一小束柴，因为风雪太大也不易燃烧；没有水，偶尔有了一茶缸子水，因为高原气候，也不易煮沸！出发的时候，人人的背上都背了一小袋青稞麦粉的，但是几天以后，经过了日日夜夜那无情的雨水的浇淋，麦粉也不知给搅和成了什么东西了。谁有青稞麦吗？要能用冰水送一点到肚子里去，那就等于是上了天堂了。

　　而英雄们还必需时刻准备着，准备着随时迎击在草地上那出没无常的敌人骑兵的袭击！

　　是什么样的一种革命英雄的气魄呀！

　　今天，当我们乘车急驰在这一块草原上时，无数英雄的往事，就不断地涌向我的心头！

　　有一个故事讲到了蔡畅同志，当时军中都叫她大姐。大姐无论在什么地方给战士们发现了，都会带来欢乐。"大姐，唱个歌吧！""欢迎大姐唱法国的马赛曲！"战士们一齐叫起来了。"好，不要闹，我唱吧。"大姐笑嘻嘻地说。于是，慷慨的歌声在草原上回荡起来了。有一个故事讲到了林伯渠同志，在行军途中，他被描写为不管白天和黑夜，都左手提着一盏马灯，右手拄着一根手杖的老人家。他肩上背一袋青稞麦，眼戴很深的近视眼镜，一路上总是不知疲倦地给走在他身边的同志们讲故事，讲辛亥革命和各种令人向往的故事。他的鹤发童颜，对青年的一群特别具有吸引力，同志们不断地被他吸引到身边，而他的革命故事，也似乎是从来没重复过，也从来没讲完过。同志们记住了他那些革命故事，草原也听到他那钟磬一样响亮的声音了。

　　有一个故事讲到了那些日子在草地上举行的篝火晚会，晚会是不知不觉地形成的。什么人如果凭着偶然的机运，燃起了一堆篝火，那么，在草原上，还在浓烟熏得人睁不开眼的时候，战士们就自然地集拢来了。这时候，只见一个茶缸，又一个茶缸，默默地伸向篝火，煨在篝火上了。终于，篝火上挤满了一个个的茶缸，篝火旁也挤满了一群群亲密的战友和同志。烟渐渐的散了，火燃起来了，茶缸子里的水也吱吱地叫起来了。于是，草原上的文娱晚会开始了。有谁引吭高歌了，有谁吹起口琴来了，有谁哈哈的大笑了，有谁讲起革命经验来了，有谁谈论起历史上的英雄人物来了。等到燃起的篝火已经化成了灰烬，同志们大半在不知不觉中入了睡乡以后，总还会有什么人，傍依着篝火的灰烬谈着什么。但已经不是高声谈着，而是低低的喁语了。虽然有时也沉寂一下，默想一会，但谈话却并不中断。谈话无论从哪儿都可以拾起来，谈话变得更广阔，更富有意义了。谈到了古往今来的英雄们，谈到了中外革命的历史经验，谈到了自身的革命经历，谈到了人民的苦难，谈到了革命形势，谈到了共产主义理想，那些日子，真是什么没有谈到哇！

话剧"万水千山"，曾经通过一个生动的人物李有国，概括了草地上这一段极艰苦又极有魄力的生活。当看到舞台上的李有国，在最艰难的时刻，表现了那么伟大的阶级友爱精神，一再以社会主义建设的理想，鼓舞着战友们的战斗意志的时候，有一个同志曾激动地告诉了我一个真实的故事。他说，当红军战士终于战胜了草地，到达草地边缘班佑时，他曾亲自听到一个年青的红军战士不胜依依地向同伴说："嚇，我们走出来了。不要忙，总有一天，草地会是我们的。那时候，这富饶的草原，就得服从我们的社会主义建设。你看吧，拖拉机开起来准用不着拐弯，这草地上要是种麦子，保准没错。"

我不知道在今天，在那些征服草地的人们中，有没有这个年青的战士。但我确实知道，草地的建设行列中，有很多当年的红军战士。

二

草地今日究竟是怎么个面貌呢？老实说，我的拙劣的笔实在无法真实地把它传达出来。这儿，我只能简单地记下我的印象、我的向往、我的颂歌。

草地，现属四川省藏族自治区。这是仅次于西藏的，祖国的一个最大的藏族自治区。自治区纵横约一千八百华里。北界甘肃、青海；西依康藏高原；南通成都坝子；东边就是为历来的伟大诗人们所歌颂过的川陕栈道。它的面积，估计约等于一个浙江省。它对我们之所以特别有意义，并不仅是因为它富饶，因为它美丽，因为它拥有无尽的处女地和原始森林；主要的，还因为在它那不可知的神秘的土地上，无处不遗留着红军战士的脚印。

这一地区究竟有多富？谁也一下子回答不出。回答这个问题，需要精确的数目字，但那样的数目字，现在还没有谁精确地知道！我们只知道，为祖国社会主义建设所最需要的木材，正沿平均流速达二秒公尺的波涛澎湃的杂谷河，夜以继日地迅疾地在向下游漂流。这儿，有巨大的松木、杉木和贵重的桦木，每年漂木的数量，估计可达二十余万公方。要知道，在这个区域里，杂谷河并不是可以漂木的唯一的一条河，而杂谷河两岸，也远不是著名的原始森林地带。

草地的土壤究竟有多么肥沃？这也许是需要农学家出面作证的。但是我们确实知道这样的事：在龙日，草原上新建了一个地方国营农场，这农场于一九五四年，在处女地上试种了一种冬小麦。土地没有加工，只施了很少的一点肥料，苗儿长齐了遭到了一场大冰雹，但是打毁了以后新苗又苗壮地冒出来了。新苗成熟了，收获了，一个麦穗平均结实是一百八十粒！在阿坝，中国人民解放军的战士新开垦了一个八一农场：战士们种萝卜，一个萝卜重约十八斤，连最贻笑大方的也少不了两三斤一个。战士们种香菜，香菜一冒就是半人高，在内地，哪儿见过半人高的香菜呢！战士们种马铃薯，收获的季节用不着试，保准又甜又粉，维他命丰富，一个马铃薯不会低于一斤半。这样的可垦殖的处女地有多少呢？这已经初步勘测过了：是一千二百万亩！

但是最应该神往的，恐怕是植物学家。在这一严寒的高原地带，谁知竟盛产各种各样美妙的水果。红军进入草地时，曾经翻越的那个著名雪山——夹金山下，就产一种雪梨。雪梨年产量是三百六十万斤，特点是：皮薄、水多、核小、滋味正。"因为吃不完，又运不出，当地人民只能拿来制梨膏，而梨膏，尝尝，其味香甜则宛若蜂蜜！茂县的岷江两岸还出产香蕉苹果。这种苹果的色、香、味，到底是怎样的诱人，我们且不去说它，光说那核，就有些别致，它小到只有手指那么大。但是最最奇丽的，还是汶川的桃子。这种桃子，居然在寒冬腊月里结实，它要到十二月底才熟透！这儿，大自然的次序有些颠倒，她奇特地给寒冷的高原居民准备下这么一种鲜美的新年礼物。你可以想象：在大雪像棉絮似的漫天飞舞着的时候，竟会是灿烂的桃花盛开的季节；当山谷在雪后幻化成难穷究竟的美丽的琉璃世界时，与之争奇斗艳的，却是朵朵桃花红遍山野！这是一个什么样的神话似的境界！至于枇杷，那是岷山以西的点缀。枇杷熟透的季节，在岷山以西，累累垂枝，相互掩覆，纵横何止百十里！但是这种娇艳可口的水果，在当地却是无人理睬的。它们大抵是被弃置在山野里，听其自花自实，自熟自落，就那么肥了山谷和岩石了。

动物学家对这儿也不会完全不感兴趣。驰名全世界的那珍奇灵异的熊猫，就产在川康交界的深山草泽中。当地人民熟悉这种有着黑眼圈的稀有动物的性格，人人几乎都能傿巧地形容它们生气时那种顽皮模样。狩猎是草原居民所热爱的世代相传的职业，最剽悍的猎人就常常在姑娘中享有英雄的声誉。被追逐的野兽是种类繁多的，比较稀见的有天鹅鸡，这种鸡因为专吃贝母的幼苗，因之又叫做贝母鸡。它们栖息在山崖，有的重达六十斤。山鸡是草地里经见的客人，它们似乎常常就在你的脚边，但当你发现它们那翠色的翎羽的时候，它们就迅急地跳跃到草丛里隐没了。因为草原无处不和它们那翎羽一样的美丽，所以它们隐没以后就再难辨认了。

至于鹿茸、麝香、虫草、贝母这样名贵的药材，因为在内地市场上早已驰名，所以我们也就用不着特别提起了。

我们的国家是多么富饶、多么大呵！你在通向草地的成阿公路上旅行，你随时都会激动地感到祖国的脉搏。红军战士的理想并没有落空，二十年后，草原上有成千上万的人正在从事建设。二十年，在人类的历史上说，是多么渺不足道的数字啊，但这块被遗忘了的富饶的大地却发生了急遽的变化，它变得繁荣而哗闹起来了。

无数巍峨险峻的高山被切开了，数不尽的新建市镇在你的眼前闪过。偶然，在某一这样的小镇上，汽车停下来了，立刻，你就可以听到建筑工人正"猴"在新建的顶梁上大声吆喝。在公路底下，永远有一条流不尽的河，这是一条老在翻滚着的河，是一条波浪滔天的河。在喧闹的河谷，比汹涌的激流好像还要响亮似的，常常会偶而传来伐木者那回音一样的吼声。你穿过深邃而挺立的原始森林，空气有些异样了；你闻到了某种湿润的气息，你觉得清新而又轻快！忽然，在多年腐朽的败叶上，你看到了一滴阳光；阳光像是一滴透明的水珠似的，有一种特别撩人的意味。这儿，是某一森林勘察队搭下的帐篷。那儿，出现了近代化的乳白色的医院。在某一处山坳，隐着一层层的藏族弟兄们的房舍，在房舍的四周，在屋顶、树梢和山头，随风摇曳着写满了藏文经卷的宝幡。一群藏族小姑娘喘息着急遽地跑上前来，口齿清俐地大声迎着汽车喊叫："万岁！"

过了当年红军曾经几度进出的康猫寺，深山大谷就逐渐被甩在身后了。天渐渐地高了，云渐渐地远了，辽阔的草地渐渐地涌入眼底了。

草地，要是极目远望，你也许会以为它不过是一眼望不到边的一片碧绿而又乏味的草。但一旦到了眼前，你就会知道，它其实并不是碧绿的，碧绿其实只是它那斑斓色彩的衬托，只是它那斑斓色彩的底子。草地，乃是一片广阔无涯的顶顶艳丽的花坪。几乎是所有草地的草，都会开花，它们真是全都开花。开着乳白色的、姜黄色的、蓝色的、紫色的、赭红色的、深红色的、澄黄色的、嫩黄色的、淡青色的、藕荷色的小花。你的眼睛能辨别什么颜色，它就会开出什么颜色。衬托在一片碧绿里的是千万种颜色！它那色彩的鲜明和绚丽，绝不是卓绝的园艺家所能人工培植的，它自然而又绚丽。你走到草地中心，不能不越来越感到惊奇。你会触景生情，想到你的童年，想到童年时代记忆里最美好的东西。比方我，就一再想到我们北方的原野，想到在某一村头，某一场院，肃穆地迎风摇飒的白杨。总之，你的心境开始年青了，你对大自然的兴致逐渐浓烈起来了，你渴望追逐翻飞的蝴蝶，伫听啁啾的鸟儿。你觉得草地无处不是分外逗人的。你一定自然地会想到深呼吸，你说不出你吸入的是一种什么样的沁人脾腑的气息！

这儿，在草地上有一条河，它名叫北河，是黄河的支流，它流行得很不规则。它在草地的中心形成了不知多少沼泽。你登高一望，只见绿草如茵，蜿蜒交叉的沼泽和河流都特别明亮。在水畔，东一片，西一片，尽是数不尽的牛羊。上千上万的牛羊蠕动着，点缀其间，有时竟像是波澜壮阔的大江里的点点弧帆。这种美丽的图案，也会使人想到某些夜晚天上那明媚的天河，和在天河旁边流动着的眨眨闪耀的群星！

在某一处，你看到了那给农业工人犁过了的黑色的油一样的土地。你走近了农场的拖拉机站，你听到了拖拉机的马达声。你看到了一个铁匠的熔炉，红色的铁条在有力的臂膀的捶击下，迸裂着火花。什么地方，传来草原建设者的歌声：

我们祖国多么辽阔广大，

她有无数田野和森林，

…………

三

米阿罗，是成都到阿坝的成阿公路上新兴的小镇，当第一辆载重
汽车开到的时候，住在周围山头上的藏民，纷纷狂热地奔下山来了。
这是一群老人、妇女、姑娘和孩子，每人都随手带了一束谷草。不一
会儿，谷草就把汽车堆满了。他们笑逐颜开，无可争辩地指着汽车说：
"它辛苦了，该好好的喂喂！"一个筑路的战士试图向他们进行解释，
但是人们不听他这一套。一个老人忿激地把手一挥说："我们九十九
辈子都没见过汽车，我这辈子托毛主席的福见到了，还能让它饿扁肚
子！"他们坚持要喂喂它！

这条构通大西南和大西北的交通动脉，给沿途各族人民带来了一
种什么样的鼓舞和欢笑，从这个故事中，也可以想见了。

这条公路是幸福的公路！

筑路的中国人民解放军某部战士，相当自豪，他们说："当年红军
长征二万五千里，路过草地，给草地人民撒下了解放的幸福种子。我
们是踏着红军的脚印走的，我仍要为兄弟民族建设一条幸福的公路。"

战士自有他无可置疑的、足以自豪的理由！

这条公路夹挤在岷山山脉和邛崃山脉中间，沿岷江、杂谷河、大

小金川等支流蜿蜒而上。施工地区，平均在海拔三千公尺以上，河谷两侧尽是陡壁悬崖。施工的战士们，几乎经年都处在千里风雪的严重威胁中。这些陡壁悬崖，一般的高约一百至二百公尺，有的长度竟达二公里。它们的坡度有些在五十到七十度之间，但多数却是绝壁，它们就危立在翻滚如飞的江边。石质的成分大都是花岗岩和石灰岩，坚如铁，硬如钢，虽然偶有古松倒挂，也不易攀援。在这种绝壁上施工，需要先手抓石缝，足蹬石孔，揉升到岩顶上去打桩子、拴垂绳，以便把人倒挂在半空，开辟茅路，打眼开炮！有时，因为无论如何没法插脚，战士还要冒着生命的危险，乘坐原始的小筏子，荡过咆哮的激流，到山脚下去施工。小筏子荡到江心翻了，抢救上来再下去，又翻了，又下去，就这么一次又一次地和摄氏零下一二度的刺骨的寒冷搏斗！

你可以想象，为了完成这条幸福的公路，需要一种什么样的英雄气概！当骤起的狂风刮得人睁不开眼睛时，战士们唱道："同志们，加油干，老天开了个大电扇！"当高原的豪雨浇得人喘不过气来时，战士们唱道："同志们，辛苦了，老天叫你洗个澡！"现在，公路早已深入草地，但被劈开的绝壁上，还刻着战士用红笔写下的字迹："和岩石比赛，看看究竟谁最强！"

幸福的公路给人民带来了幸福和繁荣。不仅是人民生活的面貌迅速改变了，地理的面貌也时时刻刻都在改变着。随了公路的进展，茂县、理县、汶川等县城，都纷纷搬家了，而新兴的城市，如像杂谷脑、米阿罗、刷经寺、龙日坝等，正日新月异地不断崛起着。

刷经寺，目前是四川省藏族自治区的临时首府。在两年前，它不过是终年积雪的鹧鸪山脚下的一个小山洼。多少年前，也许是几百年前吧，这儿曾有喇嘛印刷过经卷，但寺院早就坍毁，连遗址都无从探寻了。现在，这儿是个新型的城市了。这儿有政府和军区机关规模宏大的办公大楼,有装饰着巨大玻璃橱窗的百货公司,有设备完善的医院,还有可容一千人的大礼堂!往昔,在喜庆的日子,热情而美丽的藏族青年们,只能在帐篷前面的草坪上跳舞唱歌;而现在,为了欢迎来访的客人,他们移到有近代设备的舞台上来尽情歌唱了。藏族姑娘们的"刷经寺夜歌",对来访的远客来说,也许是毕生难忘的。她们不仅唱,而且还知道多少美妙的草原故事啊!这些朴素感人的草原故事,总是在叙述里夹着歌唱,以歌唱来增强奔放的情感,来抒写激动的心怀。姑娘们一面讲着,一面唱着,一面悲伤着某一青年的不幸,一面又唱起"山上的积雪好似一朵花……"这样美丽的短歌来了。

没法使人相信,这样难忘的夜晚,竟是在险恶的鹧鸪山下度过的。这儿,没有多久以前,还是没有人烟的。在阴沉的、经年累月见不到天日的原始森林里,也许,偶尔会有个把过路的强盗出没,但那是人民的灾星,关于他们的恐怖故事,你有时想到,都会颤栗的。但是现在,刷经寺已经成了这个富饶地区的心脏。八百里路以外的各族人民,都以能到刷经寺来为荣了。清晨,在鹧鸪山还为怒云笼罩着的时候,几乎就在你的眼前,就在你的头顶,刷经寺的峡谷里荡漾起缭绕的烟云,它们逐渐扩大,幻化着各种奇异的气象,飘摇上升,终于和鹧鸪山上的乌云溶合为一了。

鹧鸪山,海拔四千三百公尺。从刷经寺外望,要是乌云起自鹧鸪山的方向,那么,你用不着担心,雨是下不到刷经寺来的。鹧鸪山比云还高,它遮断了乌云,使乌云也难以飞越!但鹧鸪山不仅遮断乌云,也经常遮断交通。载运人民的日用必需品的、载运支持龙日农场的、支持筑路部队的、支持城市建设所用各种物资的载重汽车,都给遮断在山那边了。

"当心飞石!"

一路上，你可以看到守望的道班工人们竖起的这种带有警告性的牌子。但是飞石是无法当心的，因为它老在你的头顶上苏苏作响！鹧鸪山上的坍方，是这条交通线上的真正的灾害。阴雨天，要坍方；大太阳，也要坍方，它的脾气就是为了给草原的建设者以阻碍！但坍方是阻碍不了草原建设者的决心的，正像这座险恶的山无力阻碍筑路的英雄战士一样。我们在鹧鸪山上就曾为严重的坍方所苦；但是差不多山石才在你的眼前坍下来，守望的道班工人也就跟踪而至了。工人中有汉人，有藏人，也有羌人，你差不多在困难的时刻，随时都可以指望到他们的支援。强壮的藏族弟兄亲切地望你笑笑，立刻就抡起了手中的铁镐……

他们是鹧鸪山上的守望者。当我们在山上经过了真正的艰苦奋斗，终于快下到山脚的时候，迎面走来了一群哗闹的人，其中一个，详细地向我们介绍了前进的道路，忽然问道："看到我们鹧鸪山上的花没有？"

我没有留神鉴赏鹧鸪山上的花，但经他一问，我却看到了一只大鹰，它正悠然地在山半腰旋转翱翔！

难道有什么力量，能阻止这些草原的建设者吗？！他们是不能被阻止的！

附 录

一九三六年春在太原

一

春被关在城外了。

只有时候，从野外吹来的风，使你嗅到一点春的气息，很细微，很新鲜，很温暖，并且很有生气。在这种感觉里，你可以想到，河许已解冻了，草已经发芽了，桃花也在吐蕊了吧！

但我却出不了城。

一整天，我所看见的，是灰色的墙，灰色的土，和穿着灰色衣裳在街头守望的兵。

我气闷而且窒息。连行动也被强度的限制着了。出城，要通行证；到街上去，要好人证。并且七点钟已经开始戒严了。为了免掉那些灰色同志对你取攻击式，端起枪来，并且对准你的脑袋，我只好一个人关在屋子里。

而我的屋子，又恰巧临着街。一整夜，我全听见扳枪机和喊"口令"的声音，这在深夜里，特别加重了恐怖的氛围。

二

　　同事间已经有人戴着"好人证"来上课了。

　　他们，多半用别针把那证别在前胸上，很像一块招牌。因之休息的时候，大家就开着玩笑：

　　"禁止招贴！"老吴指着老孙的前胸说。

　　"零整批发！"老孙回答一句。

　　"大减价三十天！"

　　"此处禁止小便！"

　　大家全哄笑起来。

　　"好人证"分五类，像花生、鸭梨、瓜子那样的把人也当货色般鉴别。譬如我，因为没铺保，虽说有职业，有乡友保，也只得一个三等货，椭圆形的，勉强允许居留。

　　至于我的厨子，却是道地的一等货，把正方形的牌子悬在胸前，对我也骄傲起来了。

　　我和我的厨子，竟差了两等。比起他来，我是次一等又次一等的好人——我气闷……

　　他在厨房里又唱起来了。

　　"桃花江是美人窝，美人窝里没有我！"

像说话似的，——这一等好人！

我听见他唱这歌，已经不止一次了。但这次，却异样的刺耳。在那声音里，我辨别出一种对我示威的意味。我应该更正他这坏习惯，一定要。

三

新闻剪集：

〔本报特讯〕昨日下午，有一小贩，行经南门大街，形色张皇，经巡行之警士检查，于帽沿内得铜元一小枚，查系匪探标记，乃送军法会审处严惩云。

这几天，检查行人似乎特别严了，那检查方法不免使我们时刻担着心。帽子里夹着纸，或是口袋里放一个铜元的全是匪的标记。这结果，是使人无论什么也要留点神。

太原的事，是素有"不彻底"的称谓的。譬如禁烟吧，不准吸鸦片，却准卖药饼。禁与不禁，只在一个名称。鸦片一名之曰药饼，就可以公开发售。被视为良丹妙药了。

但这次的禁书，却似乎是非常彻底的。在公安局公布的禁书目录中，不仅仅是张××章××那些三角形的五等货遭了殃，就连李阿毛博士也凑了数。凡白纸上写黑字的，大概是全有些危险的嫌疑吧！

我的厨子在他那好人证上，又有了新的花样了。

把四方形的好人证镶了边，且蒙了一层绿色玻璃纸悬在胸前，就更显得与众不同。因之，在把饭端给我的时候。就特别在我面前停留了一小会，那意思，我很知道的。

四

新闻剪集：

〔本报特讯〕我军第×十×团，约一千五百人，于十九日夜，在灵石山侧驻扎。深夜中突闻集合号声，呜咽响起，军士不察，乃往吹号地点作紧急集合，不意竟被匪军包围，全部缴械。我团长×××，见事不妙，遂自决身死。匪约一二百人，吹我军之集合号，预设狡计。其狡诈恶毒，有如此者。

我特别怀念着春。倒也想去领通行证了。我需要疏散，整天关在屋子里，望着院内扬着沙尘，所有的思想和情感全麻木了。

今天下课，我便把好人证仔细的别在左衣角上，用上衣的口袋作掩护，朝柳巷出发了。我预备去拍一个二寸照片，缴到区里转公安局去领通行证。

但那结果却不大好。才走到路口，一个灰衣的同志便截住了我。并且端着枪，像就要射击似的。

"站住！"

"怎么？"

"好人证呢？"

我默默的把那椭圆形的牌子从口袋里请出来，他便沉下了脸：

"以后不准放在衣袋里！"

染着一种浓烈的受了侮辱的感情，我却默默的走开了。

"天光""科达"，所有照像馆的门前，全拖了一长串的人，拥挤着，像等候着买火车票似的，一个挨一个。以致我却不能挤进照像馆的门。

原来这些人也全是领"通行证"的。因为是公费照像，所以就特别拥挤。甚至有的人情愿在门前停留一整天，并且受着照像师的叱骂，也很高兴。

但我却被摒弃了。

路口的纸烟店虽然也竖着一块"领通行证登记处"的红纸招牌，像本店代理发行那样的，我却没有去登记。我是——只在街上徘徊。

非常的疲倦，非常非常的疲倦……

五

新闻剪集：

〔本报特讯〕汾阳来客谈，汾阳西郊××村，有娶亲者，当花轿进门时，迎亲亲友，均拥集呼唱，并大放爆竹，恰有一飞往前方之飞机由此经过，居高临下，窥望不真，以为有匪来扰。乃掷炸弹数枚，结果伤亡数十口，状甚凄凉云。

好几天没开展览会了。

我的厨子突然跑来告诉我——他知道很多事，很多很多的事。——今天又要杀人了。一共九个，其中四个是女学生。

不一会，他就跑得无影无踪了。那时间，正是下午一点钟，我想他大概是凭了他那一等好人的资格，到街道上去探望去了吧！

我奇怪着这风俗，同时想起了旧小说里一些劫杀场的描写。

正是那里的描写，现在又复活在太原市上。

一说杀人，很多老太婆，小孩子，年青的媳妇，以及有闲的男人，便从早晨起，守在街头了。人很多，有的且特别穿了新衣服，打扮得花团锦簇，像参与盛会那样的，等待着囚车。除了这些特定的守候人以外，囚车后面，随了军号的嘀嗒声，还拥挤着很多人。

英雄们劫夺杀场能够改装为变戏法的、卖艺的等等，停留在人丛中，据此看来，倒有些逼真了。

这杀人展览的风气，是颇使人感到一种狰狞的恐怖味道的。

和这"杀人展览"相对照的，还有一种奖励告发的条例，也是很容易激动存心厚道的人的悲愤的。

凡告发者，立赏法币一百元。一百元且是法币，自可诱导许多人来上钩。但钩来钩去却发现了如下的一则新闻：

〔本报特讯〕山大被传学生×××等七人。已于昨日讯明释放。缘山大有校役刘×者，惑于赏洋之厚，遂诬栽该生等有××嫌疑，因以被传，经军法会审处严厉审讯之下，知刘×告发之情形，全属子虚，该生等已于昨日出狱云。

接着这新闻，是在临时公布的死刑十二条之外，又添了一条："告发人倘有诬栽等情事者，立即枪毙。"

但我想这已经迟了。在许多杀的展览会下，就难免没有个把冤枉吧！至少，那七个学生的被毒打，是很使我们毛骨悚然了！

但今天我的厨子却空跑了一趟，那有几个女学生要被杀头等等原来全是谣言。他仿佛是十分气愤的又在厨房里自言自语了。

六

新闻剪集：

〔本报特讯〕昨日距城三十里之西山土窑内，发生一大惨剧。缘近日流言所播，草木皆兵，西山居民，恐遭匪扰，均避于一土窑内，该窑年久失修，忽然坍毁，当场压死百姓七人，伤十一人，厥状极惨。

"流言所播，草木皆兵"，这实在是太原市上最真实的写照，报纸上既天天在吹散着触人心魄的新闻，人嘴里又传说着一些怪奇，但多半是恐怖的消息。在这样的时候，也难怪正太车站上有人满之患，有钱的人纷纷离省了。

不过倘把这般消息，和娶亲被炸那一段对照起来，就难免要使人发生一种猜想。土窑既可避难，想来也就有些坚实，断不会刹那间就突然坍毁；其所以突然坍毁的原因，也说不定又是"窥望不真"之所赐了。

可是城里这几天的恐怖空气，却也真使人嗅到死味了。谣言像火一样燃烧着，人们全彼此警戒着躲起来了。

时夜六点钟就戒了严。不仅是路上断绝了行人，并且有大批军警出动，据说是飞机场那儿出了事，有十几个带手枪的探子被擒获了。

这消息使得全城都颤栗着，连太阳似乎也变了颜色了。

幸亏这样，我的厨子算是一天没出门，只寂寞的在厨房里唱他那"美人窝里没有我"，不然，他也许又顺脚去到海子边，炫耀他那一等好人证去了。

七

今天到学校里去，才听说那在飞机场被擒获的十几个人，原来却是到陕西去的教育考察团团员。这才大家全放了心。

但我的厨子，却又不知在什么时候，出走了。吃早饭，没回来，晚上下了课，还没有回来。

我带着极度的诅咒和憎嫌，下了最后的决心，心里想："还是让他滚蛋吧，带着他的一等好人证！"

八

非常的意外，意外得使我惊愕了。

那厨子，到今天早晨我才知道，被抓到公安局去了。并且还——罚了五块钱。

080

为了说明这事，我特别剪下一段报，贴在下面：

"……绥署昨日公布：佩戴好人证，一、不准污毁，二、不准罩以任何布面或纸面，三、不得遗失，四、不得私授匪类。倘犯一二两款，处百元以下罚金。犯三四两款，处五百元以上罚金或死刑……"

我的厨子就是在这条例下被捉将进去，回来的时候。好人证上已没有玻璃纸，并且背又佝偻起来了。

——我是多么的怀念春啊！

在国防前线的西安

一

当陇海列车驶过了郑州，三等车厢里的旅客便颇有些拥挤了。

那车上的招待员，在这当儿，也就特别显出了自己的威风。

几乎在每一个站上，全要拥进无数的人，而这些人都大致相似：背着包袱，挑着行李，穿着开了花的棉大袄，脸上爬满了奇怪的皱纹。

于是：随着那漫飞着的灰尘，招待员的嘎嘎的声音，便到处飘送着。

"坐下，坐下！"

"蹲在那儿干么？"

由于老实，或是由于对陌生环境的畏怯，也有一上车，便悄悄的在车厢的一角蹲下的；但立刻便被招待员提着耳朵提了起来。

"找地方坐下！"

坐下吗？平常只能容纳两个人的座位，已是挤了三个人了。车上还蠕动着若干没有座位但却又不敢冒昧地向长衫先生通融的乡下佬。但自然，也还有脱光了袜子，叉着脚丫，假装睡觉，却占了三个座位的面圆圆的乘客。这乘客以他身下铺着的俄国毛毯，身上穿着的青色马褂而标明了身份，是使乡下佬望之就生畏的。

但招待员却终不免由于职务，而犹疑了一下，陪着笑脸向他们请求谦让了。

"帮帮忙吗？"

答复那请求的只有这简短的话，和一张涎着的脸。而执拗了半天，不得不让出一角座位时，那乡下佬也不免是受宠若惊，翘着屁股贴在那里。

招待员却像是做了一件功德，而有点扬眉吐气了。当某一角落里向他喊：

"先生，我的帽子呢？"

"帽子，我管得着吗？我是管你的帽子的吗？"

于是他说。

这三等车厢，实在是一个社会的缩影，车越向西行，景象也越凄惨了。车厢外边，是连绵不断的穷山恶水，是漫无人烟的干枯的土地；车厢里面，就尽是那些为生活忙碌，却依旧是吃不饱穿不暖的人们。

这些人们愚蠢、粗野，却也狡猾。有时候，却是很能使那关在亭子间里仅只描摹着他们那善良性质的小说家们吃惊的。

车停某小站，一毛钱十个的饺子打动了某一位乡下佬的心。于是乎来了十个，但饺子咽下肚，却忘记了给钱。车开行了，让小贩扳着车窗焦急地嚷骂着：于是旁座有位仗义的先生便尖着嗓子开言道：

"是谁吃了人的饺子不给钱，让人家骂八代呀，是谁……"

一直到车已经驶出了郊野，那乡下人已经若无其事地靠着车窗打瞌睡了。

若由此推论那位先生仗义责人，也许不当，因为他或者就是为己，为了自己没有吃到那没花钱的饺子，没有这种揩油的勇气而愤怒。

天下事，大抵如此。

但一位在大背头和白小褂上全涂满了油垢的先生却说了：

"开开窗子，空气太坏了，太坏了！"

二

到了西安。

在那修葺得像古宫殿似的车站上，下了车，步出了站台，经过了检查，拿了一个"验讫"的纸条，又步进了那古老的城门楼。

原来这里的洋车是出不了城的。

于是我记起了去年的某一天，在别一省份的别一个城市里，眼见的那滑稽却又足以代表内地剥削制度的事。那儿的洋车虽可以出城，但出城却要纳款八枚铜元。有个名目叫"手续费"是为了检查官的便利的。考其来源，大概是由于古"门包"[1] 的制度。

但这儿却干脆是：不得出城。一城之外，极目荒凉，是可以想见的了。

到旅馆里，首先触入眼帘的是一个什么运会的标语：第一条

"请贵客为我

_____
[1] 门包：指贿赂守门人的财物。

国家爱惜身体，勿吃鸦片，勿宿娼。"

这标语既出于劝告的语气，谅来鸦片和娼妓是流行甚烈的了。鸦片、赌和娼妓，本来是我国的三宝，是到处蔓延着的。但自然，贤明的当局是已经勒令禁烟和赌了，只有娼妓，似乎还没办法，因为老实说，倘禁娼，则颇有点关系民生。

但我又确实在潼关城内饱享过鼻福，大闻鸦片的浓芬。

虽然当局那除三害的决心，毕竟是可感的。翻阅报纸，我得知某当道曾在中心小学联合运动会里大声疾呼为陕西除三害，那三害是：早婚、缠足、鸦片烟！

自是没有列入禁娼，也无怪乎报纸上以及街头的墙壁上"梅浊克星"的广告那样繁盛了。

在旅馆里的第一夜，就像在任何别的地方一样，遇见了那习惯的可总是使人不舒服的事。一个查店的长官问我：

"干什么的！"

"新闻界！"

"有证章吗？"

"没有！"

他立刻竖起眉毛：

"你该说没带着，还没有！"

自然我没有说，可是他却等着我说。这倒是生面别开，我不觉有些好笑。终于是那善心的账房代我说：

"对啦，他没带着，没带着！"

他才满意地走了。

事后我知道，这种愚蠢的却自作聪明而骄横的人，该是目下行政界最多的家伙吧。

三

"哈哈哈，想不到，想不到，我高兴极咧！西安怎么样，维新咧！摩登咧！是不是？"

一个做摩登生意——开电料行的朋友笑着问我。我说：

"像这样新式的生意，西安恐怕就你一家吧！"

"一家？"他吃惊地瞪起眼睛，"十二家！我们还要组织电料业公会呢！"

"若就这点说，西安确实是摩登了！"

据那朋友告诉我，西安从今年——一九三六年六月起才有电灯，而在一年之内，竟先后开张了十二家电料行。陕西维新，不，"向着新的建设推进"于此可以概见了。

也许是为了维新，而不得不需要大量的人才吧，所以在"开发西北"这好听的名目下，从全国各个角落汇集来的谋事者，在西安就特别的多。这大批的"开发者"结果是造成了一种奇观——使旅馆业得已稳居"西安三多"的魁首。

大街小巷，十步一饭店，五步一旅馆。在西安，并不是稀奇的事。而最热闹的东大街，一连十几家旅店踵接着，可算是这古都的唯一点缀了。

曾经有人说，西安赖这些终年不息的旅客，得以维持，谅来也有一部分道理。不过倘有外籍的游历者，却是不免例外的。譬如友邦人士，深入陕西腹地，借口游历，实际却属"视察"之类。那么省府除通令所属，切实招待外，还要派专人加以保护的。

在西安，所谓"三多"，从前除旅馆、娼寮外，还有鸦片烟馆。现在鸦片既已遭禁，该只剩下旅店、娼寮了。但三多之数，毕竟还要凑足的，所以之外，就又添了一个丘八太爷。

丘八太爷在西安一隅，大有三角顶立之势。东北军、中央军，以及土著军。真是国防重镇，大军云集了。不过最动人的，却要算那些挂拐杖在街头流浪的伤兵。他们多半是在街道东张西望，满脸菜色，闪着过分忧郁的、空洞的、渺茫的、无助的眼光。是追抚那未御国先丧臂的滋味呢，还是自叹身世的零余呢！

并且他们是那么的多啊！

随了丘八老爷的多，而地方上的生活程度也就昂了。一块钱，八斤本地面。倘是所谓洋白面，则只有五斤。到饭馆里去，哪怕是简单的饭食，算下账来也会使你咋舌：五毛多。幸而是厉行新生活，力求节俭，划免了小费，否则恐怕更不胜负担了吧！

但这米粮昂贵确还另有一说：原因是近年来陕西农民大都种棉，棉利比米粮利大，虽说要纳较重的税，也只好忍着肚子痛。其结果是米粮不敷，即连乡间小地主，也要到城内来购粮，当然要逼得米价上天了。

这话，告诉我的即为一老农，而我又亲自在路上看见广大的田野上，结满了棉花的果实，谅来是可以相信的。

但这是否因了友邦强迫华北种棉所致呢？那强迫种棉的事，我是曾经经历过的。身居华北边疆的陕西，也许不会在所谓相互提携的新政下例外吧！

四

自然，有人也难免要关心西北的文化吧。

倘谈西北的开发，文化自然是先驱。所以除数家报纸不计外，文化团体似乎也很有几个。这其中，除那平日无所事事，而在"迎接要人"的时候，特别显示神通者暂略外，一个属于某机关的话剧团体，似乎特别与我有缘。

因为在短短的居留中，我曾经看过了他们的一次公演。但那公演的成绩像是并不好。且在排好的几个戏里，临时辍演了《东北之家》，也像很引起了观众的愤慨。若愤慨，自是仍联系着关切，据说在不久以前，他们为了"剿"而公演宣传剧的时候，台下曾冷落到几无一人。那么，它在观众层中的地位，也就可想而知了。

至于报纸，除由中央社转贩一些外国通讯社的新闻外，副刊上则还是"悲怀着咖啡店之夜"的作者多。自然，也不无例外，但这例外，却容我先举几件事实。

事实之一：听说前些天曾有很多学生被逮捕了，而被捕的原因，却是无力交纳制服费。既属无力交纳，则穷苦可知，当然会激起请免交纳的要求。但穷苦却又作无礼的要求者，是应该视同乱党的，所以反动的头衔便给加上了。

事实之二：为了思家心切，某些失掉家乡的人，乃有反 × 同盟的组织，这种组织自然也是违法的。于是：一个老法门，又是逮捕。但结果听说却不好，某逮捕机关被一些丘八太爷捣毁了。

这种高压下的结果，自会激起一些高压下的文化。然而……

文化且不谈，再谈一件事实吧！

那是在街上。

街上行人寥落，而军警独多。往来巡逻的兵大爷即手提马棒，伫立前头的军佐更闪着明幌幌的枪刺，拧着冒火的眼睛。

"躲开！"

"滚！"

四处洋溢着这声音。

某挑担的小贩曾企图步入人行道上，却不料当头就来了一棒：

"还不走，望什么！"

马路上，是不仅不准人走，而且即使是望，也在禁止之列的。

原来西安又在为某要人的出巡而"禁街"了。

新生活

——中国工业合作协会西北区之访问

一、云海

汽车从秦岭山脉的最高峰滑下来的时候，透过山巅的罅隙幻出一片白茫茫的云海。千万顷的流泉喷着白沫，汇成一道巨流在大西北的平原上汹涌着。不见天，不见地，也不见子牙垂钓过的水，——是天与地，水与气的揉合。

车越下堕，汹涌着的云海越稀薄，人间的疆界划分得越明显了。到了山脚，便清楚的望见了宝鸡城，和城头上那辽阔而深邃的蔚蓝色的天。

城傍山偎水，是陇海铁路与川陕公路的汇合点。一九三八年九月末，从河南、山西特别是湖北，涌来了大量的因为故乡沦陷，又不甘异民族的统治的义民，这些义民靠了县府每月六元的微薄的资助，在大平原的小土坡上搭了席棚，安下灶，使空旷的原野里升起了炊烟，在大自然的云海里揉进了人间的烟火。

　　大西北的地下：是金砂，是石油，是煤与铁的仓库；大西北的山野：是森森，是灌木，是狐与虎，以及数不尽的牛羊的故乡；大西北的平原：种麦，产麻，更产棉；大西北，是最丰富的原料供给地，孕育着千万年工业的根基。但大西北的富源，千万年来，却静静地躺在地底，不变也不动，冷嘲着人类，也冷嘲着那些野居的义民们。义民们是大冶、阳新、阳泉、井陉等矿内一等的地下开采者；是裕华、申新、汉口第一等厂里最负声誉的纺织名家。他们是资源的主人，精于他们的技术，就像要塞的守军精于射击一样。"手艺人走遍天下"；他们是这样的说。然而在大西北，这走遍天下的手艺人，在最初两个月，却只能靠了每月六元的资助，寂寞地仰望炊烟冷月，忍受着那最富裕的资源所给予他们的最毒辣的嘲笑。……

二、一个孤独的旅客

　　"为了适于抗战的需要，怎样才能把死的资源和活的人类溶合起来，使消费者一跃而成为生产者呢？"

　　一个孤独的旅客卢广绵在宝鸡的车站下了车，想着。

　　"八一三"的炮声一响，沿海一带的民族工业即使是侥幸不被炮火所毁，也都被迫停歇了，怎么办呢？抗战与生产，是不能分离的，工业合作的思想开始袭击着人们的心。

　　"让工业回她的娘家去吧！"越过无数的山川险阻，热心家搜索着内地那供给丰富原料的母体。而经过若干次的磋商，把这一伟业的总部设在汉口，卢广绵先生便只身向着大西北远征了。

到了目的地，天正下着雨，火车站外的街道是高处暄泥，洼处淌水，虽然怀了这么一个伟大的思想，他也不免为秋季里北方的冷雨所欺，没人注意他，车站上的员工仿佛是客车才停，便一个个又缩回屋子里去了。他艰难地和水与泥斗争着，走到了一个小的旅馆，挂在旅馆门前的那纸糊的灯笼，已经被风雨打了几个大洞，连写在灯笼上那"未晚先投宿，鸡鸣早看天"的千古名言，都有些模糊了。

低头进了伙计扬言最干净的房间，坐在炕沿上，这才感到自己是并不孤寂。隐伏在墙角炕缝里的英雄们立刻便比谁都热心的来向他表示亲密了。卢广绵先生一面用手凌乱地在身体各部分拍击着，一面用眼睛，透过蚀落的窗户纸，坚定地望着大西北那被浓密的云压低了的天穹。

"到了娘家了，怎么样开始呢？"他思索着……

第二天一早，他便物色了一群打铁的流浪汉。

说是流浪汉，其实是不能和世界上那著名的民族吉卜赛相比拟的。他们工作伴着流浪，大抵是在春初秋末，在家的左近，东一村西一村地奔走着。替农民们修理锄或者锹，间或也打做几把切菜刀和马蹄铁。

当豫北那些僻远的县份失掉了往日的自由，他们便沿着铁路，走了千余里，真的流浪起来了。到宝鸡，不晓得是经过商量，还不过是偶然疲倦了，便散居在街市的尽头，叮叮当当的又干起旧营生了。

卢先生找到了他们中间的一个：是个干瘪的老者，紫铜色的脸上，生着一双下弯的眉毛，和一双挤在一起的眼睛。眉毛，只有稀疏的几根。眼，仿佛生来不是为了看什么，乃是为了闭着想什么似的。

"好哇，乡亲！"卢先生招呼着。

叮叮当当，老年的打铁汉机械地挥动着铁锤，让汗珠和火星在发红的铁饼周围交流着。

"歇会儿吧，老乡！打哪儿来呀，老乡？"

老年的打铁汉真的歇下了，用抹布擦着额角的汗，并没有抬起眼睛，只等待着某种业务上的委托。

"日子还过得去吧？"

依旧问着，那老年打铁汉便爽直的谈起来了："咱们河南啊——"这样开始，便说起自己怎样携了家小，背着吃饭家伙，走千把里地到了宝鸡。"宝鸡这地方，人生地不熟，同行多，营生少，只好将就着过！"老头子又慨叹了自己的衰年，气愤愤地诅咒着年青的同乡兼同行之不顾体面："要是头二十年，在乎过谁，现在……"把老了这两个字不自然地哽在咽喉里，便咕噜着自己这点微薄的工作。三个月来，老头子只替小饭馆补过几口锅。

卢先生听着他的话，在恰当的关口表白着自己的同情。"你们应该大家合伙起来干哪！"这样开始，卢先生说明了自己的愿望。看见老头子惶惑地低着头，眯着眼睛，便又解释着："大家合作，仿佛吃饭吧，就只烧一口锅好了，免得为了煮饭耽误工夫。你呢，也不用再跟小伙子们抢活做。况且人一多，力量就大，大件的活也就可以承当了。"卢先生并没把话题扯得太远，他只是再三的说，抗战以来，大西北有那么多失业的人，那么多资源等待开发。这些人，正是这些资源的最合适的开发者，可是要合起来干，因为一个人便什么也不能做！他讲得那么自然而坚定，老头子也不禁感动了。

"那倒也好！"老头子说。

"我们是中国合作协会，只要你们合作，协会可以给你们解决一切困难，可以给你们盖厂，可以借给你们钱！"

"那倒也好！"老头子说，虽然感动，却没抬起头来。卢先生看不见他脸上的表情。阴暗的角落里，只一个孩子闪着惊怪的眼睛。

这样的，卢先生又个别的访问了他的同行。"那倒也好！"他们说，并且约定在第二天，全体打铁的流浪汉，在卢先生的小旅馆集合，商量着这个最初的工业合作社的组成。

"一个打铁的工业合作社已经组织起来了！"卢先生非常兴奋，打电报向总会报告着。

"打铁的？什么？"总会的负责人大大的吃惊了。

但在第二天，那些打铁的流浪汉并没在约定的时间来。

"怎么回事呀！你们？"卢先生赶到老头子的席棚，提出了质问。

"约不齐呀！"老头子说，低着头。

"什么？"

"他们说，要想想！"

"想什么，我还是骗子吗？"

老头子为这鲁莽的问话而大大的吃惊了。一面抽动着腮边的肌肉，一面惶惑地睁大那本来闭着的眼睛。……

三、工业合作社组织起来了

但卢先生并没有失望，在他的字汇里没有失望。

他一天到晚的跑着，在义民们面前讲演，在大街小巷里贴着标语：

"中国工业合作协会是难民的伙伴！"

"开发西北资源！"

"努力生产！"等等。

访问者居然拥挤在那个鸡鸣小客栈里了。

第一个访问者是印刷工人吴先登。

有着苍白的脸，失神的眼睛，讲话和走路保持着相等的迟钝。显然是因为失业久了，被告帮的生活所苦，在生人面前，便感到一种难以启齿的痛苦，胆怯地支持着自己的声音。

开始他吃吃切切的说着，但立刻，在一种温情的鼓励下，便激动地谈论着了。

"那么，你们的同行很多吗？"

"唔！"印刷工人吴先登含糊地答应着，又说到了机器，"有机子，也有人。机子闲着，人也闲着，就是这么的！"

"闲下的人多吗？"

"啊，很多，很多！都在西安，不在此地！"

"有现成的机器？"

"西安买得到！"

"需要多少钱呢？"

吴先登大致的估计了一个数目，又议论了一下自己的理想："要有钱买机子，什么都现成的！"便结束了，不安地坐着。

"人工呢？"

"现在这年头，还谈什么人工啊，谁是师父，谁是徒弟，都一样地闲着，只要大家凑在一起，有碗饭吃就行了！"

于是卢先生热切地鼓励着他。他劝吴先登到西安去，打听机器，并且约集同志："要是人和机子都妥当了的话，你们就可以成立西北印刷合作社，协会可以借给你们三千块钱作为资本！"

吴先登坐在那里，不安更加扩大了。三千块钱的意义，庞大地侵扰着他的思想。他那失神的眼睛迅速地亮了一下，又立刻晦暗了。——他不能相信眼前这事实，因之也失掉了惊讶。但他也终于和卢先生约定，即日到西安去，犹疑着而且迟钝地离开了屋子。

过了三天，当卢先生正兴高采烈地和另一个访问者谈话的时候，吴先登又迟钝地走进了他的屋子！他费力地和主人招呼过，便沉默着，显然是吟味着自己心里的矛盾。

"什么，你没有走？"

卢先生因为愤怒便开始对他斥责了。对于自己的无信，吴先登并没有分辩。他忍受着卢先生一切的斥责："你也想骗人吗？"

吴先登的脸更苍白，嘴唇颤抖着，却没有声音，接着，便滴下了两颗大的眼泪。最初，还隐忍着，偷偷地用衣袖擦去了痕迹，但到了一切的隐忍都无效的时候，便突然孩子似地哭起来了。

达到了这种局面，是很意外的。卢先生默默地望着他，等待着他的安静。

"你怎么的？"卢先生问。

"我的饭都没吃，还哪能——"

卢先生给了他十块钱，当天夜里，他便上了西行的火车。

事情进行得很顺利，人约着了，机器也买妥了。但吴先登却常常还怕这一切落了空，他常常一下子记起什么，便梦吓似的坐起来，摸着机器，看着人。——人和机器仿佛都坚定地等待着，自己那刚刚开始的前程。

他没想到毕生还能担负起这么大的责任，因之当机器运到火车站上，而忽然来了警报的时候，他便对同伙们说："你们躲躲吧，我留下守着它。"他躺在机器旁边，任弹片击伤了自己的脚，也不知道疼痛。

"这还好，没什么损失！"他指着无恙的机器说，背着人，感动的把自己的眼泪滴在那冰凉的机器上。——他爱那些机器甚于自己。

第二个访问者是鞋匠高实干，他后来组织的合作社，就叫做实干制鞋合作社。

这是一个结实的汉子，挣扎了半生，到四十五岁，还是一个光杆。从孩子的时候起，就提了篮子在街上卖糖，之后，多年的积累，使他获得了一个廉价的照相机。于是卖糖而外，他又兼了街头照相的职业。从那个时候起，对于生活的态度，也仿佛胆大起来了，也有了雄心，并且真的进了一个职业补习学校。学校使他约略的认识了几个字，使他成了最有才能的制鞋工人。这个最有才能的制鞋工人，流亡到宝鸡的时候，已经一无所有，连必要的制鞋工具也都已典当一空，只一件蓝布大褂，还肥大但却孤单地罩在他的身上。

但高实干并不害怕，他全身充满了活力，流亡的生活丝毫也没损害他的健康。他除了手艺，还可以卖糖、卖力，以及其他的各种职业。他正是那些所谓跑江湖的好手。

卢先生立刻认识了他的才能，高实干也立刻熟习了自己的环境。他夸扬着自己过去的奋斗（他很快的便学会了奋斗这字眼），且在协会的会议里声言说："我们不但要给失业的工人想法子，更应该给无业的工人想法子。"为了实践自己的誓言，便在协会的帮助下，于实干制鞋合作社里，附设了制鞋补习学校。

他不仅制鞋，而且也制革。他的出品是市场上最好的，而且也是最便宜的。

第三个访问者是另一种人，他没有留下名字，而在中国工业合作协会西北区的任何文件里，也找不到他的名字。只他那三角形的脸，还深刻地留在卢先生的脑子里。

在某种场合里，他的访问或许会是愉快的。他优雅然而不免有些谦卑的谈着他自己的工厂。他巧妙地声言那工厂的利息之高，并且断言那工厂的停顿是受了战事的影响："我们怎么合作呢？"他问。

拒绝这样优雅的合作者，是非常困难的，卢先生虽然心里嫌厌，嘴里却不得不搜寻着一些委婉的词令，说明协会并不是为了发展私人资本，乃是为了社会的利益，辅助抗战建国而成立的。

"那么，借点钱来吧！"优雅的来客很自然的说，仿佛来了就该占点便宜才走似的。

反感在卢先生心里增强了，他铁青着脸说："协会并没有钱！"

"你为什么借钱给那些流氓、骗子、无家无业的要饭花子们呢？"

"我愿意！"

"那是不行的！"优雅的来客说。并且证明着某人其实就是流氓，是先前他厂子里一个最无赖的工人，借钱给他是等于抛在海里的。这优雅的来客想些什么，是没人知道的。他也许以为卢某人是个呆子，或者一个挥霍的阔少。他使用着多样的脸色和多样的语言武装着自己，也缠绕着卢先生。最后，竟至由优雅、威胁、诈骗、横蛮而降至哀求了。"那么，朋友，我们私人通融，三五块总可以的吧！"

不用说，连这个，卢先生也拒绝了。

"呸！"优雅的来客吐了一口痰在地上，表示着轻蔑，转身走了。

就是这样的，木机子织布、铁机子纺纱、裁缝业、制造药棉纱布的、织毛巾线毡的、制鞋的、印刷的、制袜的、制糖果的，各取所长，各补所短，一百多个合作社组织成功了。最后，连那些犹疑不前的打铁的流浪汉，也推了代表，声明着以往的愚蠢，要求着组织了。

四、新的生活

西北的原野，一下子活泼起来了。

没有大烟囱，没有机械的噪音，也没有厂主；在自己的同伙里推出了一个叫做理事会主席的，执行着类似厂主的职务。不必担心打骂和罚金，倘有过错，是大伙坐在一起，大伙儿来批判。用不着催人性命的汽笛，到了上工的时候，人人都会守着自己的岗位。偷懒和怠工，几乎是不可能的，因为那是对自己的不忠，对民族国家的不义，同时又常常在会议里，使自己出乖露丑的。

大伙儿是这工厂的主人，也都是厂里的股东；虽然只有五块钱一股，可是人人都有份。厂里人少，心齐，一砖一石，一针一线，都是自己的心血。这种人的谐和较之机械的谐和更有力量。使用惯机械的名手，对于人工的织布机，也不难感到强烈的兴味。一把蒲扇，绑在迎面的木轴上，便自然会随了梭的流动，而为劳动者迎面扇着风凉。

"现在我们用手做，将来我们自然用机器！"他们会告诉你。而所谓将来，仿佛是非常确定的就在眼前。

在这原始的窑洞里，他们才真正感到了"生"。他们现在劳动，不是为了"谁"，而是为了"己"，他们现在劳动，不仅是为了一张嘴，而且是为了全民族。

某工程师曾反复的对人们说："这是一种新的生活。"

"我们大家都过着一种新的生活，黄土可爱，工人们可爱，我自己也可爱。"他说，并且表达着自己的心情："我是学电气工程的。已经来了两年，在这里担任技术部的工作。

在上海的时候，生活好，收入多，但不知怎么的，常常感到疲倦。心境有时候很阴郁，像黄霉天一样的不开朗。虽然有有学问的朋友，有很多有才能的同事。但我的生活总像缺点什么似的。——我孤独而且空虚。

本来，我这个人是好动的，我闲不下来。北方有句俗话，叫做穷拾掇，我就是这么的：在家里的时候，一下了班，我就东翻翻，西弄弄，总也拾掇不完，可是有时候自己也想，这一切为了什么呢？

到西北来了，和卢先生在一起。大西北的地方，这两年我走了不少，是用两只脚走的。有时候在雨里走，有时候在毒太阳底下走，多走一步，西北对于我，就多一层宝贵。一块石头底下，会埋着煤；一条流泉里面，能藏着金，步步都会使你惊奇。

我得老实说，我从来也没感到过自己是这么有用，这样的被人尊敬。我计划着合作社的发展，和工人代表们谈话，样样事都使我觉着兴奋。想想看吗，因为我的一句话，地下的宝藏和地上的人类会亲密地联结起来，这可是玩的吗？

自然穷拾掇的毛病，我还是没有改，我喜欢这个。协会的业务之外，许多社会事业都要我插一脚。盖房子，挖阴沟，修马路，甚至谁家的门坏了，我都要去拾掇拾掇。喝！现在这里已经有洋楼旅舍、银楼、饭馆、大的绸缎店了。都是我来了以后，才盖起来的，当时是一片荒凉。

我睡得很少，可是并不疲倦。整天讲话、做事、东奔、西跑，不论风里雨里，一点儿也不厌烦。我不再感到空虚；也没有'这一切为了什么'的问题，我的工作把这两种心理的障碍给我排除了。我觉得人活着，很有趣味，很有趣味。

现在我们只感到一个困难，就是经费太少。政府的补助既有限制，实业家又都把眼睛集中了西南。——其实西北是比西南更好做的。

可惜我的许多同业，看惯了海洋的雷雨，便不愿来试试这大西北的干燥。——其实这儿才是真正的生活。"

这真正的生活使大家都热烈而兴奋。

织布工人王阿金在一匹布快要完成的时候，断了一根线，许是由于懒怠，也许是因为疏忽，或者竟是在大工厂的时代保留下的恶习，总之阿金姐并没有把那条线织起来，就马虎过去了。

于是大家伙集在一起的时候，有人提出了：

"阿金姐，那是怎么的，丢大家的人吗？"

"武汉第四织布合作社织出的布有一个洞啊！"

"阿金，你织的什么布，裹脚布吗？"

大家毒辣地笑着，而阿金，虽然极力分辩着，却羞得满脸通红，哭起来了。也怪，这以后，阿金织的布，不仅是没有了洞，而且在第二个月，还意外地得到了奖励。

奖金的获得，是由协会的指导员，理事会的主席和另一工人代表共同评定的。品评的对象是工作的成绩，品评的标准是"福禄寿"三个字。每一匹布，都由这三个正直的人标出暗号。结果阿金织的每一匹布都是"福"字，所以，阿金——

"这个月的奖金是阿金的！"

听见自己的名字，阿金的心虽跳着，身子却怩怩起来了。她有点儿窘，而大家却笑了。这笑并不毒辣，笑得惬意而且开心。

"什么奖不奖的，该上课了。"她羞得脸通红了，被大家蜂涌着，进了课堂。

每天，饭后两小时，是大伙儿读书的时间。在这个时间，大伙儿认字、念书、学习着民族复兴，对日作战的基本理论。有时候也唱歌也排戏。

五、从消费到生产

工人们不再仰望白云冷月，寂寞失神，不再忍受地下投射的讥笑，也不再领受县府每月六元的津贴。他们有了自己的厂，是将来大西北的主人。——他们骄傲的笑着，也唱着。一个月内，他们赶做了四十万件军服，六十万件药棉纱布，运到前方去了。

长子风景线

一、秋天里的春天

是到了太行山了。

马小心的用前蹄试探着道路，陡峭的石梯使得烈性的畜生也低下了头。

是山与山的连锁，我们没有法子推测那山谷有多么深，天都被遥远的山阻住了。——那些山，躲在暗影里在天边画着一条弧线。

一层红土掩不住那青色的斑石，山里，连酸枣窝也不及山脚之盛了。只偶然的，狭路旁边还有着一点点缀——倒还结了些红实绿果，但也难免在秋风里偷弹着自己的寂寞。

有风，因为才下了雨，所以风很凉，当劲风扫着山尖时，丛生在崖际的细草，就在山腰里翻起一片金浪。——像湖水一样柔静的金浪。草，已经是适应着秋天的节令，黄了。

——到了长子前线。

山，是荒漠了几千年的。除了天上的鸟和山里的豹，没人窥探过他们的踪迹。连剪径的强盗和迷路的牧羊童都不曾走到的。

炮响着，是敌人的，还是自己的，都难分辨，也没有去分辨。由于山的辽阔广大，我藐视着那十公里外的仇人。

我尽着自己的思想随着那辽阔的山，奇瑰的云去飘逸，飘逸。

山，被人征服了。电话兵小心的循着山头铺设了紫色线，而人和马，就以自己的脚在紫色线旁边留下了杂沓的痕迹。

人在山弯里躲着风，搭下了草拥，草棚周围，把荒瘠的山野垦殖成肥美的土地。

现在，山野里开遍了淡红色的荞麦花，也开遍了嫩黄色的野菊花，和一些猩红色的小朵儿的花。蟋蟀和一些不知名的小鸟，躲在花丛里，细着声音寻觅着伴侣。当马蹄子踏在它的身边时，却突然停止，从花丛中闪出，吃惊的逃走了。而居然有一对蝴蝶，带着春季里的闲情，在鲜嫩的花丛里飞舞着。

我闻到了一种淡薄的春季里的气息。

秋天里，我想着春天。

不是荒漠，乃是瑰丽。

二、战地中秋夜

是幸福的夜。

当月在天涯以巨大的一环抚慰着山巅的时候，军中演剧开始了。

从阳城，从高平，老百姓背了山楂，牵着羊，怀了锦旗，担着酒，恰巧在这个日子，疾行三百里，赶到了。

"今天中秋大家欢快呀！"

为什么不应该欢快呢？人的心温暖了冷的月，月是更圆了呀！

小孩子猴上了树，老总们爬上了房，戏台下面，是军与民拥挤着的头。

太行山愉快的笑着。

前五小时，敌人还向它发了八百零一炮，其中六十一炮是毒气的，催泪性瓦斯，喷嚏性瓦斯，还夹杂着糜烂性的瓦斯。但八百零一炮的最后一炮打过后不多久，老总们从壕沟里探出头来：

"打个屁！"

他说，轻轻地拭去了脸上的泥。

黄伯笙师长在那被击的山头上划了一条红的杠："今夜，这儿的一营已经出击了！"他沉思着，立刻又在空中划了一个半圆："这些日子，高粱红了！"

是的，高粱红了，那驰名的潞州酒的原料，正是收割的时候了。

月，是这一季节的天然防御，每夜每夜，出击的兵，掩护着收割的老百姓，活跃于长子的原野。

"武装保卫秋收"这一个强烈的号召也讨得了月的欢喜，她以自己那谜一样的颜色遮断了敌人炮的袭击。老农夫凭着自己的经验，依月之升降，在当夜划定了亩数，而夜夜收割的成绩都超出了老农夫的预计。

敌人在这一个战斗里完全败北了，他们的残暴并不能有助于他们那对遍地高粱的觊觎。他们憎恨、恐惧，并且悲叹着自己的无力。因为田里的谷倘顺利的囤在仓里，就足以维持十万大兵的粮食，度过冬季，也度过春季。

庆贺这美丽的中秋月吧！

太行山里女人和孩子们杂在兵的行列里热闹的看戏，长子城男人们便都在兵的掩护下，收割着火线下的粮。这儿，哄传着人的笑语，那儿，战士们正准备着子弹出膛；这儿，是掌声与笑声的合奏，那儿，是枪声与镰刀一起响……中秋月抚爱他们，抚爱无际。

……当戏在最后一次掌声中结束了的时候，高粱已经放倒、捆好，并且装了车了。

"我们天天夜晚派队掩护秋收。"黄伯笙师长继续说，"今天是中秋，希望成绩会更好！"……

我望着那皎洁的月，对那些月夜出击拂晓归来的军民战士有着无限的依怀。

三、拂晓的时候

天才拂晓，寒鸦已站上畏缩的树梢了。

山脚下，太阳还没走到的地方，阴影里漾着一层薄雾。雾渐上升，到山尖，便在金光里幻成了万点微尘。——我依稀的望见了山尖上那几棵零落的白松，和白松弯曲坚硬的枝桠，也望见了错落在白松之间的野灶、人形。

人不动，灶上却正袅袅着几缕青烟。

一个穿红的姑娘斜坐在石磨上，安详的梳着辫子，黑发下覆着一个白胖脸；两三只麻雀在她的身边飞上飞下，啄着石磨上残余的米粒。

有狗，没有鸡，狗在无赖的伸懒腰。黄伯笙师长微笑的问我："你们见过鸡吗？一只也没有。但我却听得见鸡叫，老百姓把它们养在楼上去了。"

——那是他们的储藏室。

青烟那里，有着断续的伐木声，可是隔着一层雾，就像隔了一个世界。

拂晓的时候，战地山村是非常的宁静。

突然远地传来一片雄壮的歌声：

"……我们在太行山上，我们在太行山上，山高林又密，兵强马又壮……"

——扫荡了一切，是昨夜出击的兵回来了。

那么，那炊烟，那人形，那单调的伐木声，是为了他们准备的慰劳品喽！

果然，没多久，斜路上的行人就慢慢多起来了。——背着高粱担着谷。尽巨捆的高粱压得他们的头沾着地，尽大的金色的谷穗拖扫着岩石，尽扁担哽吱哽吱的呻吟，尽秃头上冒着热气。……

那重载在他们的身上仿佛还嫌轻，他们闭着嘴巴一声都不吭。穿红的姑娘已经不见了，是正和爸爸亲密地交换着昨夜的经验吧！这真是有趣的经验，过去，人们是以瓜果供在兔爷面前希冀着天上的和平的。今年，人们却把大滴的汗流向地面上的战斗。

那只无赖的狗，忽地停止了爪的搔弄，竖起耳朵，接着，它就向前跑去。

我看见那畜生正蹲在两副担架的旁边，远远的伸出自己的舌头。白的帆布上有着紫色的血，一件灰色的棉衣掩住了伤者的头。

"受了伤了。"我想着，但却没有移动我的脚。我不好意思去问，那会引起不快的。当战士们握不紧手里的枪，倒在田野的时候，农夫们便迅速地抛弃自己手里的镰刀，把他们抬在准备妥当的担架上。这一切用不了五分钟，不必交换半句话。因为是太平常了。

拂晓的时候，伤者便和禾粮一样，被无言的抬起，而兵，则排好整齐的行列，大声的但却不十分和谐的唱着雄壮的歌。

——这算什么呢？我们伤了两个，他们却不止死了十个啊，平常而又平常的战斗。——

——我们在太行山上，我们在太行山上——

唱着，并不觉得满足。

但乌鸦却仿佛是十分的满足，飞近伤者的身边，和狗做了朋友了。它把自己那只可厌的嘴竖起，一步又一步的向人的身边试探着，大胆到可惊的程度了。

老农夫休息过后，重新把战友担在肩上，并且顺手拾起一块石头，向着狗及乌鸦之类抛了去。

狗在地下跑，乌鸦在天上飞。虽然在叫着，可彼此自然的分开，并且立刻逃得不见踪迹了。我在酸枣窝里觅得一颗最红艳的果嚼在嘴里，辨别着这虽酸却甜的滋味。——战地山村是非常的宁静。

四、奇怪的风景线

刘建一师长静听着他的参谋长的报告："敌二三百人附炮两门，自长子出发，图扰大小中汗，被我某营击之于前，友军独三旅阻之于后，敌伤亡颇重，遂以伤者死者，混杂捆马背上，狼狈而退，至小中汗，恰中我某营之埋伏，复遭截击，遗弃甚众……"

刘师长截断了他，问："有没有捉住活的？"

"还没有报告，想来是没有！"

"那不行，他们还是不行！"刘建一师长沉思的说，"应该捉活的。那对于敌情判断是很有帮助的。"

一句话，展开了一幅奇怪的风景线。

我曾经和许多谍报人员接谈，我不禁为了他们的勇敢而惊叹，任何敌人占据的地方，他们都可以插足进去，他们掌握着敌人策动下的任何伪组织和伪军。他们可以从伪县长伪司令那儿取得必要的消息，并且——多么奇怪的事——他们甚至向那些家伙传达命令。

但长子的情形却完全是例外。任何机敏的谍报人员都要抱怨着自己的无能，因为他们没有丝毫的办法混入长子城。

这并不是因为敌人防范的严密，乃是由于我们空舍清野的政策成了功。长子城里，没有一个中国老百姓，甚至街上也看不见一个日本兵。

"长子是一座死城，是我们替敌人造就的监狱。"刘建一师长开玩笑似的说。

但谁料得到呢，这竟是真的！

为了避免危险，即使是长子城里，敌人也不准自己的兵在街道上走。他们把房子的门封了起来，把兵关在楼顶上，像待遇囚犯似的，在墙壁上凿了洞，传送着饭食。即使是楼下的粪已经快堆上楼顶，即使是兵全患了严重的风湿痛，也还是不能"放风"，因为是这样的命令。

鬼晓得他们在干些什么！

街心的草，因为不耐这多日的荒凉，都高大的挺直身子，嘲笑着他们了。

但他们却宁肯耐心的忍受着这嘲笑，也不肯把自己的头伸出来让我们杀掉。

他们所受的教训已经够多了。

——他们其所以能够发挥这种耐性，——请不要当作笑话看——乃是蹲下大便的时候决定的。

这是真的。在大便的时候，他们大彻大悟了。这种"悟境"乃是打粪道而来。

据说，晋东南战事开始的时候，也并不是这样的。

开始的时候，依着老脾气，三三两两，他们又在四乡里开始搜索和抢劫了。虽然他们那贪婪的人性，就是一块乡下孩子的尿布，也足够满足，且会郑重地顶在头上去准备着献给那远在东京的老婆，但这次他们不能不惊异的是，遗留下给他们的，是连这种尿布都没有。

骂也没用，没用。没有鸡，没有牛，也没有尿布。倒是有几只野家雀，但浪费子弹，又是绝对禁止的。

但偷儿终于被人捉住了。他们没弄清楚，那儿还有人。

老百姓把孩子女人连自己所有的一切，藏在山里——我军的后方以后，又回来了。他们加入了游击小组，正像猎户等待着野味一样，躲在青纱帐，背人的地方，等候着那些偷儿。

他们发明了一个消灭偷儿的好方法，是捉住以后塞进那深不可测的毛厕——那毛厕的深是使得女人们都会惊怕的——尽他们混在粪便里，发着奇臭。

这敌兵不断失踪，使得敌官大为恼丧了。倘说是战死吧，却是连尸灰都没有的。

当他们蹲下预备"轻松"的时候，他们终于吃惊的倒退了。他们到底发现了那迎接他们粪便的，并不是粪里的蛆，乃是同伙的头。

尽野草在街心里骄傲吧。

此外，还有什么法子呢！

五、登黄龙山

登黄龙山，我惊异着牧羊童子和他们的羊。

山的彼面，敌人占据着，并且爆豆似的响着枪；山的这面，向阳的地方，牧羊童子却和往日一样的牧着自己的羊。

当羊儿睡了，把头和脚都挤在一起，以自己那柔嫩的毛在山坡上铺成一片乳白色的地毯时，牧羊童子，就在山野里寻觅着紫黑色的花斑石，利用着石的形状堆成了人，堆成了树，堆成石桌、石凳，堆成房屋，堆成古庙。

古庙里歪歪斜斜的用黄表纸写了山神的牌位，房子外面且用野蒿围成了篱笆。人，英勇地在各山头守卫着，虽经雨雪的摧折，而纹丝不动。

敌人在望远镜里大为惊诧了，他们派了飞机，并且向它开了炮。但房子的建筑却只需几块石头，人——这是很自然的——也并不因为炮火就张皇而移动。

羊，却是依了生活的定律，啮着草，睡着觉的。而牧羊童子也依然还在扬鞭漫唱之余，发挥着自己的闲情逸致。

我们在石凳上休息，手里颠簸着炮弹的碎片，也望着"长子"。

长子的城墙是早已拆掉了，笼在一片苍郁的浓荫里的是一条狭长的线。"一座死城"，一点不假，虽说多树，却不见人间的烟雾，荒漠得正像荒漠里的那坟墓。

这是平常——太平常了。

为五龙之首的黄龙山，虽说能俯瞰长子、长治、屯留、壶关这四个城，把全部的敌人望在眼底，却是——也并不例外。

山顶，是黄龙庙，庙的四壁涂满了骚人墨客的笔迹。一面，大沟社的王师文因为愤慨着同伙的不信而题了几句诗；另一面，丹青妙笔张聚福先生因为一时兴起画了李铁拐醉卧的图；另一面，某先生写着："油炸豆腐一碗，猜猜看。"再一面……

这真是平常——太平常了。

我们下了山，天已经暗了。山村里打禾场上的石磙，还在大堆的谷穗上滚着，一头被蒙了眼罩的牛拉着它，哑吱哽吱地响。在它的后面，女人用碎花的布包着头，用力的扬着木锨，使谷粒脱离了壳，尽谷皮在天空中舞……

顽皮的孩子在光滑的场上跑着，吆喝着。

旁边，士兵们挖空了石头，铺上了土，并且安起了木桩，架起了铁杠。大群的兵赤了臂膀，热烈的玩着杠子，使臂膀里那坚硬的肌肉隆起，并且跳跃。

我想起来了，不平常的就是这太平常的空气。

六、甲鱼之技

但不平常的，是敌人又有了新的发明。

"敌人是最会模仿的，并且善于夸张。"刘建一师长说："——譬如色当战术之类，就是一个最好的榜样。可是现在他们居然也会创造了，他们创造了甲鱼战术。"

像甲鱼一样，造一个坚固的窝，藏在那窝里，连头都缩进腔子里去了。

"打狼容易，捉王八是难的。"刘建一师长慨叹着。

你不能伸手到窝里去，因为他会乘机咬你一口，你也不能引诱他出来，因为战术既经发明，那颈子就要缩定了。而晋东南那石制的房子又是特别特别的坚固的。

我们曾经冲入长子城，曾经向窝里伸过几次手，但那东西却正缩着颈子等着你。老总们望着街心里那尺把深的草大大的惊异了，他们无从下手搜索，因为所有的门已经都被石块封住了。老总们正为了"进还是退"这问题所窘的时候，王八在窝里伸出了颈子，楼上的机关枪开始向街心扫射了。

我们没有法子向楼上射击，甚至手榴弹在这场合都失去了效力。勇敢的老总们爬上了树，爬上了房，但树上又能容下几个人呢，况且用军事的术语说，那是暴露的无掩体呀，他们向楼口扔完所能携带的手榴弹后，只得又下来了。

我们也曾——设法以饵相诱。在激烈攻击以后，故意在敌前暴露了自己的弱点，并且装作狼狈的样子溃退了。驮骡和弹药甚至枪械都遗弃着，成堆的摆在路口，贪馋的敌人分明是看见了那些香饵，但却只偷偷的在肚子里咽着唾沫，他们不敢离开窝，而一任你自己去收拾了去。

但聪明的渔人也并不是全无对策："我们正堵塞它的窝。"刘建一师长以无比的力量愤怒的向空中击了一拳。"让此公在窝里窒死吧！"随后，他又沉默着。

用军事的术语说：他们是被包围了。

事实上窝里是既无藏粮，而且连聊供佐饵的小鱼也没有，那么，窝既然被堵塞，偌大的甲鱼，也就只好等待着那最后的一条出路："坐以待毙"了吧！

这一次，敌人却真的惊惶了。马上，他们就来了个对策，大量的传单用了飞机在散布着。传单是以廉价的红绿色的粉连纸石印的。

之一：在中间画了汪王梁三公的像，汪是西装，而王和梁是长袍夹马褂，文字的说明是，汪王梁三巨头正在南京开会云云。

之二：也是在中间，画了苏联外长莫洛托夫跪在敌驻苏大使东乡之前，而文字的说明是：由于苏联之不断恳求，日苏两国已成立了互不侵犯协定，而因此一"定"，日满国境的精锐陆军却正向潞安方面集结云云。

而事实上，任何人都可以指出，敌在我国的作战部队为了应付新的环境，已经开始偷偷的向了伪满国境抽调。——甲鱼之技，不过如此。

我们等着吧，等着揭开大王八的盖子，看那里面究竟藏了些什么"宝器"。

一九四〇年一月一日

墙

"敌人多占一个地方，便多一幢牢狱。他们在占领的地方得不到税收，没有法子统治，甚至不能自由行动，我们虽然不是有意的，却在无形中为他们准备了若干若干的死囚牢。在这些地方，我们那发锈的步枪就足以战败他们那新锐的武器，因为先有一道墙把他们围在里面了。"

这道墙是怎样造成的呢！

我们坐下，讨论着，你大大的惊怪了。

"这是真的吗？"你说，"什么道理呢？"

"道理是简单的。"我有些不悦了。"人们筑下了墙！"

"谁？"

"人！"

"什么人？"

"全中国的人都在内。譬如说在晋南一带……"

你哈哈的大笑了。

自然，谈到山西，你比我明白的多。我曾经旅行过山西全部，特别是晋南那几个县，你耽搁的时间最长。你十分清楚那些地方的民情。你曾经查过洪洞县的苏三档案，访问了虞乡城外的莺莺塔，并且在首阳山伯夷叔齐的二贤祠上题了名，什么还瞒的过你呢？

　　不错，那些地方的老百姓，生活得简单而闭塞，十五里外的村庄对于他们就是另一个世界，他们没走过那么远的路。一个迷路的客人，在这种场合是常要感到头痛的，因为问来问去，土人总回你一个"不知道"！并不是玩花枪，他们真不知道，生活不需要他们知道。

　　不错，那些地方的老百姓，不用法币，甚至不喜欢山西省银行。他们通行着五六种兑换券，这些兑换券是由典当铺发行的，其价值仅止于一个县，出了县境，又是一个世界，又是五六种当铺发行的兑换券。

　　不错，那些地方的女人，是当作商品来买卖的。有些山里的女人——譬如中条山的女人——头上还梳着唐代的髻，古趣盎然。脚裹得只有二三寸，以致走路不用脚，而用膝，把脚拖在后面。倘生了男孩子，是有被溺死的危险的，生了女孩，全家才皆大欢喜。因为女孩越多，财产也就越富。女孩和财产是成正比例的。当他们向你报告财产的总数时，他会毫不吝惜地把女儿和牛计算在一起，"我有几亩田，几间房，几头牛，几个女儿。"而女儿卖掉即嫁人以后，是打死不论的。虽然法律并不允许，但社会习惯却是这样，所以也就没有人肯多事去告发了。

　　并且，你走遍全县，没有发现过一所较完备的小学校，偶然碰到一个小学，也很难见到先生。先生不在家，去田里帮佣去了。而学生，一面在教室里为先生洗菜煮饭，一面敞着嗓子喊："马儿好，跑跑跑！"虽然人家的墙上，屋子里，红纸写金字的报条却很多，像："捷报：贵府王大老爷讳××肄业于×小学经省长□教育厅长×考试合格，准予毕业第□名"等等，但实际上小学校在春秋两季都不开课，田里需要人，先生也乐得坐享每月五吊大钱二升小米，去做自己的事。

你并且举出了翼城东山里的奇异风俗，作为反驳我的铁证。相传那山里有一个东山大王，是要享受初夜权的。所以在新婚之夜，交合的当儿，新妇必须被叔叔、哥哥等亲人按住，然后新郎才能畅所欲为。而"为"的时候，是任人参观，越多越好。因为据说，人越多，东山大王越为之丧胆，新妇才得以安全度过云云。最后，你叹了口气。

"多少年来，他们自己就为自己筑了一道墙，把自己圈在里面，牢不可破。这道墙是传统的封建势力之总和。在那上面寄生着迷信的，自私的，无识的，愚蠢的各种各样的腐蚀物。"

"或者你说的那道墙，便是指了这个吧！"你反讥着。

是的，你很对，那样的墙，确是存在过，我并不否认。但是我请你注意一个事实：风陵渡这名字几百年来，从没有变过，但是几年之内，那渡口的情形，却已经有了几次的改变。你所认识的风陵渡，我相信，除了河边的船桅以外，就只有几堆黄土。

但是现在，那几堆黄土，就早已是一个繁华的小镇。不仅两年前曾成为我方运输的主据点，且成为今日敌我隔河炮战的敌方根据地了。风陵渡，几年来已经历了多少苦辣酸辛，难道还永远寂寞的忍受着滚滚河水的讥笑吗？

"难道旧墙是这样容易塌毁，而新墙又那样容易筑成的吗！"你仍是怀疑着。

你的怀疑有点道理，这中间是很有些距离的。

我感到我必须告诉你一些新闻了。

一九三八年夏，敌人陷长治后，"皇军"便三三五五的到城郊进行劫掠了。他们劫掠得并不像一个冠冕堂皇的强盗，老实说，贪婪得是有点儿近于下贱的。农人们的穷困是有名的，他们本来就一无所有。但最后，他们连农家孩子的尿布也搜刮尽了，除了灰尘就仅余肮脏的四壁。"皇军"于是由于愤怒，便继之以"杀绝"。

三个老百姓因为穷困触怒了"皇军"，"皇军"命令他们站在一起，预备杀，却没带枪。"站好，不准动！""皇军"说："我回去取枪，枪毙你！"于是他走了。

这故事的结局是使得那野蛮的"皇军"也为之惊倒了。当他取了枪来的时候，他发觉那三位先生竟还站在那里，一动也没动，他们等待被"杀"。

同样的故事在一九三八年春初也发生在新绛。新绛城外的一座桥在我军退出以后破坏了。敌人为了维持他的交通，不得不修理这座桥。他们抓了些民伕来，自然都是附近的老百姓。一天，在桥旁十丈远近，一位"皇军"截住了一个女人，他的企图是很显明的。那女人哭着，闹着，但却无结果。"皇军"把她按在地下了。但"皇军"按倒了女人却没法对付他的马，马放开吧，又怕跑了，牵在手里吧，就不可能制服那反抗着的女人。于是他异想天开的把马缰绳绑住了自己的一条腿。那女人用尽了自己所有的力气以后，便以一块红布蒙住了自己的头，她是完全绝望了。谁知红布竟刺了马的眼睛，那畜生吃惊的咆哮起来了，它蹦蹦跳跳继之以跑，把"皇军"拖了近十里。而女人，也就因此得救了。这并不奇怪，奇怪的是十丈外修桥的那些老百姓，对这件事，他们当然是看见的，然而他们一动都不动，而任那"皇军"放纵着野蛮的天性。

这故事也许会伤你的心，因为太使人失望了。但是不忙，这些事的发生，都在一九三八年，敌人第一次进攻的时候。这是耐人寻味的。因为这就正是你所说的那"旧墙"的结果，当时，它还没有毁呀！

那么，现在来讲些新的吧。但，这儿，我要特别提醒你对于时间的观念。就整个的讲，我们的抗战在今天全在于争取时间，而据一些军事专家说，作战的第一要诀，也在于争取时间，时间的宝贵，是可见一斑了。记住就是。

在一九三八年末及一九三九年初，是我这些故事发生的时候。

陵川县，你谅来总记得这个位置在山巅的僻远小县吧，这个县，是山西省一百零五个县里唯一没沦陷过的县，那末，他的僻远也就可以想见了。我之所以举这个县里的故事，也就在于让你瞧瞧，虽然僻远若凌川，也居然能够引人入胜了。

什么？就是这个——女人们都站起来了。不仅不再梳唐代的髻。而且剪了发，你看这一下子间隔了多少代吧。而且参加了妇女救国会，是国民月会的一分子。虽然自己出嫁的时候，父亲曾拿了丈夫许多钱，应该为丈夫而服役，现在她可全不管这一套，她要服役于国家。她甚至于瞧不起他。因此，在早晨，太阳虽已出了多高，她却赖在床上不起，丈夫要吃饭吗！活该没有。

那个打惯了老婆筋骨的丈夫可真的恼怒了，但他总隐忍着。他等待着机会，他毕竟等着了：老婆在街心浪了一天，说是为了严防汉奸放毒去看井。看什么井？他于是狠狠地教训了她一顿。

结果实在不快意，老婆告到了妇救会，会员们不禁为之变色了，"还了得，轻视妇女在抗战中的力量！"那倒霉的丈夫被拖在街心，她们同样教训了他一顿狠狠的。

夫妻背对着背，彼此不打招呼者达一夜之久。

其实丈夫也是有数中的一个，他敢到县长的房门口去贴反对县长的标语，而且贴了数十张。"拥护×县长释放×村长。""要求开释×村长。""×村长是冤枉的！"红绿色的纸上写着歪歪斜斜的字。我们与其说×村长是冤枉的，倒无宁说他是狡猾的。因为他贪了赃，却巧妙地蒙蔽了村民的眼睛，并且利用了戚族关系鼓动了村民来为他请愿了。县长不得不对村民们解释，而且举出了证据，但村民们不信，他们把标语再贴一遍，贴在县长的门口。

县长皱了眉头对我说："这民主老是弄不好，村民一天到晚打官司，不是拥护这个，就是反对那个。他们又常常被蒙蔽，搅来搅去搅不清楚。"

"但是我不管。"县长继续着，"由他们去闹吧！他们闹来闹去会发现自己错了的。"……

那个丈夫的哥哥当了兵，那些兵都是自动入伍的，他哥哥也是。某一次，山外的敌人扬言进攻了，他哥哥所隶属的一中队便被派往山口去截击敌人，任务是很重大的。中队长带了他的一中队星夜赶着路，快要到达的时候，中队在矮树丛里聚集着休息。

"那末，我们讨论一下吧！"那哥哥说，"这截击敌人的战术是应该的吗？还是不应该的。"

兵士们讨论的时候，队长是禁止发言的。但这次队长却实在不能忍耐了，他要部队停止讨论，要赶快走，他所得到的命令是急迫而严厉的。

"队长是有意妨碍我们的'民主''自由'。"哥哥说了，"他是一个十足的官僚腐化。"

"他并且在昨天夜行军的时候踩了我的脚，喊一二一又没有力气。"另外的士兵附和着。

"我出恭的时候他又大声的喊，出恭的自由都没有了！"

"他是个'独裁'，是'法西斯'。"兵士们吵闹着。

决议案立刻就成立了："开除队长"。这不消说是悲惨的。他们又用了三点钟讨论着谁配当队长，他们进行着选举工作，进行得很热烈，但敌人却就在这时候，打进来了。

现在，你请想一想吧。这样的民众和你所列举的情况是否还相同呢？那自然是不同的。从这个不同里，你可有什么感想？

我前面曾请你注意时间，这便是时间作了怪。从一九三八年秋到冬天不过才三个月，但他们却进步了几百年、几世纪。从等着被人杀到计划着去杀人，这是山西老百姓的跳跃，恐怕也是全中国老百姓的跳跃吧。

但是太快了，快得难以使人相信，于是便过了火。当那压在他们身上的墙一旦坍毁了。他们便抬起头来："啊哈"于是一任感情的流荡。——这乃是因为根基不稳的缘故。敌人进攻的很快，他们没有时间去奠定基础。

原来拆毁了那道墙的正是敌人，因为有了敌人，所以民族的仇恨，民族的自觉，才一下子在老百姓心里爆发了。敌人的大炮帮助了我们。

"那末，这算什么呢？"你摇着头。

你应该摇头，这岂止不算什么，这简直是笑话。但请不要误会，这不过是才萌芽，芽才出土，不免有点儿"斜"的。

就在一九三八年冬到一九三九年，那情形就不同了，请注意时间吧。

同样是新绛县——在南乔野，一件壮烈的事发生了。一九三八年十月敌一百六十人进据南乔野村，一百六十人占了十三个大院。而一九三八年十二月二十七号，老百姓动起来了。这次的动作是在十分机密与警惕中进行的。他们很有计划，并且抱着最大的决心。事先，他们和驻防军有了联络；其后，针对着十三院分了十三组，每一组进攻一个院，而每一组的领导人都由院子的主人来担当。在白天，他们若无其事的扯掉了门上的栓，免得门被关闭了误大事。并且以酒浸馒头来喂狗，使那些吃醉了的野狗不能在夜里狂吠，惊醒敌人。夜一点钟，他们干起来了，干得很顺利，五个院子的敌人在惊惶中被炸死了，八个院子的敌人爬起来抵抗。老百姓虽然心痛自己的财产，可是更痛恨民族的敌人，他们在自己的院子里放了火。一百六十个敌人就这样被解决了，没跑掉一个。一个青年牺牲了，他的母亲现在被全县的农民轮流供养着。年老的母亲并不惋惜儿子的生命，因为死掉了一个，她却得到无数个。儿子勇敢的死了，母亲光荣的活着。

丈夫和妻子也早就和解了。当妻子去开会，而脚小山却深的时候，丈夫便把自己的毛驴，让给妻子，自己在后面赶着。当妻子在大会上承认了缝制棉衣三十件，受着主席的奖励的时候，丈夫也真心的笑着。妻子的荣誉也就是丈夫的，因为人家立刻就会说："那为老总们缝了三十件棉衣的女人，却是他的老婆。"

自然，丈夫也并不弱，他参加了游击小组，摸敌人，拆铁路。把敌人缢死以后就扔入那深不可测的毛坑，尽敌人的外围发着奇臭。把铁路炸毁以后，就把铁轨扛回来，他们喜欢那铁轨上的钢。

钢是值钱的，修械所需要着钢。尽管敌人在铁路附近编组了护路队，还是没有用，原来铁轨是长了翅膀的。并且那铁轨上的钢，马上就会在修械所里变成枪，来追敌人的命。

敌人供给钢，也供给枪。

护路队从自己的身上取出了麻绳和棉花，"来吧，老乡！"交给了游击队以后他们说，然后愉快的伸出了自己的手，张开了自己的口。"皇军"差不多同时，发现路轨没有了，也发现了那护路队。——他躺在那残缺的铁路旁边，被麻绳捆了手，棉花塞了一嘴。有什么法子呢，他是既不能动手，也不便动口的。

从保定开出的列车，有一次准时到达了北平，北平的居民都大为惊怪了。伪报纸也用大字标题记载了这个新闻："昨日平保列车准时到达"，那坏蛋的编辑人写着"沿路平安无阻"。他觉着这事情是颇为奇异，而且有了新闻价值了。

请想想看，到处是仇恨，遍野布刀枪，望着树梢摆动，日影西斜，敌人都会丧胆的。他们知道，只有把自己监禁起来，生命才会有保障的。

敌人加紧着监狱的制造。

倘在城里，街道上是没人走的，"皇军"在衔结的房屋里凿通了墙。从这一家到那一家，他们就只有钻狗洞，因为房子的门和窗都被堵塞了，据说，街上是不太平的，有刀子在等待着他们。

要是驻扎在城外的村落里，那情形就更坏，"皇军"都为之胆战心惊了。

那防御方法，是很有趣味的。

村外挖了丈余深的壕不算，壕外还安置了简单的铁丝网。铁丝网周围铺麦草，上绑洋铁筒，旁伏野狗。因为要有人摸进来，误触铁丝网的话，麦草，洋铁筒和野狗就会三位一体的发出警告——它们立刻就叮当的乱响。这还不算，主要的屋顶都铺了棉花，因为棉花是白的，如果夜里有人上了房，那就十分的不易隐藏。主要的路口都铺了干草并在干草上覆以碎瓦片，如果有人走过，那必然也要咯吱咯吱的响的。

虽然这样，每到夜晚，"皇军"还是不敢站岗放哨。——站岗的兵都是用草扎的，连橡皮人也没有。橡皮人也一次一次的被老百姓搬运光了。

"敌人为占一个地方，便多一幢牢狱。他们在占领的地方得不到税收，没法子统治，甚至不能自由行动。我们虽然不是有意的，却在无形中为他们准备了若干若干的死囚牢。在这些地方，我们那发锈的枪就足以战败他们那新锐的武器，因为先有一道墙把他们围在里面了。"

　　现在，你相信了吧！

　　旧的墙坍毁了，新的墙却正建筑着。到旧墙的痕迹全部消灭的时候，新墙的基础也就巩固，而敌人也就要瘐毙狱中了。

　　你明白我的意思吗？

一九四〇年一月十三日

一个相识者的死

一九三八年夏在武汉……

虽然敌人已经摧毁了马当，并且北路的平汉线上，驻马店一带的交通也被截断了，但留在武汉的人，却没有什么异样。

在街上走过的人，流着汗，紧张着，心像阳光一样的灼热。从江汉关到黄鹤楼，渡江小轮和往常一样的拥挤，一个从什么地方逃来的农民，像神经病似的向座客夸张着敌人的暴行，声音嘶裂，但身体却耸跳着。

鹭鸶在江上飞翔，江水浩博的向着远方奔放。

江汉关一带的马路上，大壁画张贴得更多了；总商会的门前，松柏枝的牌楼，也扎得更勤，且显得分外的青苍了。

武汉是自由的，是强壮的。

一天，已不能正确的记得日期了，总之，是警报刚刚解除，什么地方还正在冒烟的时候。我在江边躲过了警报，顺了那张满大壁画的街上跑着。不时，受着壁画的吸引，停下来：望着那些受难的孩子，献出儿子的母亲，鼓励着丈夫的妻子。壁画是并不见什么功劲的，但情绪却极其诚实。一年以来，人们是强壮并且勇敢起来了，我体味着那些忍受了牺牲的母亲和妻子。

忽然，一只手从我的背后伸过来，扣住了我的肩头。"×先生吗？"声音中带有一种强硬的北方口腔。我回过头来。

刹那间的惶惑。是一个被太阳晒成酱紫色的脸，像酱里的泡沫似的，他的脸上也有些叫做"酒刺"的斑点。

"唔，唔，是的，是的！"虽然我已经忘记，我们是曾经相识，但我却答应着。共同的忧虑，早就使我的戒心松弛了，我现在可以信赖的接近生人，更何况是曾经相识呢！

他的眼睛是诚恳的，也很明亮，那就使我放心了。他穿的是草绿色军服，军服怕很有了些年纪了，因为那上面太露骨的留下了日光和碱水蒸洗的成绩。但却还整齐，还干净。腰上系着兵士一样的短皮带，腿上也像兵士一样的捆着绑腿。领子上有两块褪色的铜牌子，上面绣着"战团"的字样。这一类的青年，我们在渡江小轮上是时常见到的。有男的，也有女的，仿佛都很有生气。他们大抵是各地的流亡青年，在受着军事的训练。

我们并排走着，并且谈起来了。

他说现在在战干团受训，同学有七百多人，就要毕业分发了。又告诉我，在战干团，最使同学痛苦的是教官们的"精神讲话"。这一类的精神讲话，其实却是一种精神压迫，很有些人受不了这压迫而逃开了，但大多数还吃的住。况且时间也很短，他们还能够忍受的。咬咬牙就过去了，到底可以得点军事知识，结果也总要"被承认"，分发工作的。

"管他妈的！"他天真的笑了笑："更多的苦我们都能吃，还在乎这个吗？只要真能打到底，这种'苦刑'我还能够熬的。"

在转角处，我们分了手。但才走了几步，他又追上来：

"我姓程，在开封的时候，帮你们演过戏的。"也许是因为我的淡漠，也许是他察觉了我那刹那间的惶惑，他对我补充着。并且和我约定过几天就来看我，才急遽地消逝了。

但他却没有来看我，我也没有对他有所期待，而且不久以后，他的影子就又和第一次一样慢慢地淡下去了。

两年以后，是重庆了。

我的住屋，楼顶虽然被炸弹掀去了，架子可还在；即使有点歪斜，却还不致倒坍的。交了雾季以后，就在顶上敷了一层瓦，又住下来了。

炸弹是暂时不会光顾了，心却非常的阴沉，天气坏，雾把什么都遮盖起来了。武汉时代的狂热，现在是只剩下回忆了。人在雾里生活久了，是会特别的疲倦的。气压很低，仿佛就要把人压扁似的。较之武汉时期那种蓬勃的气概，我却更长久的浸淫于深思里。

但不论是白天，还是深夜，我的思想却常常被窗外那踏在石板上的皮鞋声所搅，偶然还夹杂些粗鄙的吵闹，甚至调笑。

"是她们，又是她们吗？"这样想着，格外烦躁了。

所谓"她们"像是就住在我的附近，我在街上已经碰见好几次了。

这一类的女性，却无论如何，不能不说是重庆的特产。衣服的样式很轻佻，倘不留心，部分的也甚至可以误为奢侈的。但如仔细一点看，却总能发现一些破绽，甚至觉得不伦不类的。仿佛衣服不过是刚从当铺里挖出来，虽经细心的修饰，却还不免寒伧；乡下姑娘第一天走进妓院，尽管故作多情，总难掩呆滞和悲愁似的，使我们觉得有些异样。譬如她们分明是烫发、擦粉、抹着口红、穿了高跟鞋的，但和这一切不相衬托的，却穿了一条褪色的军裤等等，看起来是非常不顺眼的。

但重庆的居民，看着她们从那些残缺的房舍，炸弹的深坑前走过也终于习惯，不觉得惊异了。

一天，当我坐下来想些什么的时候，一个粗哑的声音在楼下呼唤我：

"×先生是住在这儿吗？"

我伸头望下去，是一个似曾相识的人，但我立刻就记起了，那是程君。

乍看上去，他的样子几乎没有什么改变。虽然已经过了两年了，我几乎怀疑他的军服也还是武汉时期的那一身，仅只是脚上的布鞋，换了四川的草鞋罢了。

但我的观察是错误的，在谈话中，我发觉他已改变了很多：眼睛虽还那么诚恳，却不再那么明亮；谈话也不像武汉时那么横冲直碰，有什么就说什么，恨不得把心全掏出来。——他的心现在起码已经隐藏了一半。声音也有些嘎哑，笑却还在笑的。

我们这次谈的比较多一点。

他告诉我，武汉以后，他被编入政治工作队，两年以来，一直在湖南贵州的乡下跑，到重庆来，这还是第一次。他又说，这两年，同学们又走了很多，在武汉一起出发的同学，现在已寥寥无几了。

为什么走了很多？他没有讲。但我却明白的。

"容易走的吗？"我终于问。

他笑笑，这一次却是苦楚了。因为我听说过，在这种团体里，青年若是不堪精神上的迫害，或者不甘堕落，想"走"是不允许的，他起码非"逃"不可。

"我现在还是不想走的！"他说。于是解释着：他们有一个剧团，他又干起本行来了。演剧人才是缺乏的，走掉了便不容易补充，所以比较的宽容。虽然也痛苦，但究竟好一点。这两年，他们便在贵州湖南的乡村演剧，倒也做了一些事情，一句话，他还要"熬"下去。

这种"熬"下去的心情，我现在也已深知了。因为我自己，其实也在"熬"。我对重庆，是早就感到失望的，但却并不想离开。重庆虽然阴沉，但阴沉里面，却潜伏着一种力量。这种力量使我留下来了，"熬"下去了。

但他申说他们是并不想留在重庆的。他们还要下乡。下乡之前，也许在重庆演一次戏，他们有很多熟戏，演得最多也最好的是《李秀成之死》。

"留在重庆的同学真糟心！"他慨叹着。"有几位同学也组织了一个剧团，现在隶属于□□总部。就住在你附近，我是去看他们，才知道你的住址的。他们除了总司令请客，偶尔演一两个小戏外，什么事也不干。不知道他们是怎么的，会那样了。"

噢，不消说，那几位常常从我窗下走过的女性，竟是他的同学了。想到武汉轮渡上看到的那些流着汗，英气勃勃的女性中，竟也有她们，我不禁默然。

时间不过才两年，仗却还在打的，而且更艰难了。然而她们之中的这几个，已经没有了"英气"，代之的却只有"惰气""奴气"或者也可以说"娇气"了。

什么理由，什么理由呢？

这以后，除了在舞台上，我没有再看见他。《李秀成之死》在重庆演了，他就演"李秀成"。成绩并没有他自己所说的那样好，但在乡间，因为农民没机会接触较健康的娱乐，大概是会受感动的吧！

过了几个月，朋友C君从家乡綦江来，在重庆住了三天，就又回到綦江去了。

他曾经讲过一些在綦江发生的新闻。那新闻大致是这样的：

半年以前，当局在綦江盖了一些大房子，房子盖好了之后，很久没人住。盖房子时候的人工，是就地征发的。因为房子还空着，所以工钱也就没有给。被征的人工是带着自备的干粮从事劳作的，所以从开始便没有希望得过什么好处。但工钱据说是按日都领下来的，领到什么人的手里面，却没有人晓得。出了力的人们既然是忍受下来了，多余的事也便没有人再去追究。房子落成，那就是了。

但綦江人怨恨却是怨恨的，他们对于"下江老爷"的花样一向就没有好感。——他们在心里咒骂着。

然而"下江老爷"们却终于来了，是一些像兵士似的人。所谓像兵士，因为他们都穿了兵士样的军服，却又都较兵士整齐。空了很久的房子一住人，立刻就开始了警戒，綦江人倘不留心，在房子左近徘徊，甚至靠近了房子走，便要被盘查和驱逐了。

严重虽颇严重，安静倒还是安静的。

只在早晨，天不亮的时候，才全体在门外跑步、练操，高亢的喊着一二三四，其余的时间，大抵是关在房子里的。

而綦江的市面，也终于因为这批移民，繁荣起来了。

开始有些军官模样的人，带着一种优等民种的神气，在街上蹓跶，下馆子，购买零碎的物品；那些并不是劣等民种的綦江人，为了报复这种傲慢，也便乘机对他的买主开始了掠夺和敲诈。

"下江老爷"们便这样的和綦江市民划分了界线。一方，保持着那种傲慢，肚子里骂着娘，为了需要而忍受着掠夺；一方，怀了真正的憎恨，为了自己那被屈辱的地位而进行着敲诈。

自然，綦江市民虽被严禁，也还是不愿意放松那所神秘的房子的。起初，他们在房子里发现了女兵，有女兵，可见不是正式的部队；接着又发觉了那些人大都没有枪，没枪，权力也就有限；而终于，当被划分了的界线在某些部分接起来的时候，大房子的秘密也便被泄漏了，那原来是叫做什么训练团的。

这训练团是训练着那些曾经受过训的人，虽然已经受过训，日子一久，也担心着不稳妥了。所以就不惜工本，再来一次严格的甄别和检查。训练的内容是保守秘密的；因之，外人很少知道。綦江人也不易探听的。

但逐渐的，随了时日的增长，那原有的警戒也便松弛了。

首先，是那些因掠夺而得志的綦江人，为了巩固已得的志，且进一步的准备更大规模的掠夺，便设法取得了老爷们的支持和谅解。于是由于这掠夺者与老爷间的统一，他们中间便有了亲密的合作和来往了。

其次，是有些被训的学生，也偶尔在街上出现了。虽然多半是神情傲慢，在肚子里骂着娘，但其中也偶有态度恳挚，和市民们树立了感情的，这些人善良的微笑着，在当地人看起来是非常大度和谦虚；参观着小学校，立在街角和中学生们扯闲天，甚至和市民们谈论起自己的乡愁来了。

终于，綦江人走过那所大房子，已不再东张西望、心里张皇。卫兵也变得比较客气，对于自己的任务，不再那么雷厉风行了。

但綦江人怨恨确还是怨恨的，因为接着，是他们自己也备尝了掠夺的苦果。掠夺者和被掠夺者是另有畛域了。

"下江人带来的，他们有钱呐，妈的！"对于生活的艰苦，綦江人这么说。一面，为了报答，便更凶狠的敲诈起来了。

现在，假使有机会，是綦江人和下江人一起，共同咒骂着物价的高涨了。

綦江变了，变坏了，变蠢了，变狠了。

而今，綦江不再像往昔那么悠然自得了，而今，綦江充满了恶毒与怨恨。

日子便这样的滑过去了。……

最后，使得綦江人大为惊异的，是住在大房子里的那些训人和被训的人，一夜之间，忽然同时悄悄的撤走了。

发生了什么事呢？

之前，自然也有过一些征兆。——譬如本已松弛了的警戒又严重化起来，清晨取消了野外操练，偶尔出游的学生渐渐在市上绝迹等等，也曾经引起了一番议论的。

但悄悄撤走，却是事出意外的。

发生了什么呢？

一个谜。有人曾为了好奇心所驱使，偷偷的向大房子张望，却立刻便被卫兵赶开了。那人曾发誓说，卫兵的凶悍是甚于任何时候的，不亏走的快，他说不定会被抓的，空了的房子便禁锢着，较之住人的时候，更神奇了。

綦江是被遗弃了，它孤独而且颇感寂寞。躺在那里，被留下来的只有"掠夺"。掠夺的美德是无法遏止了，綦江人于是便忍受着贫穷和饥饿。

一个月以后，关于大房子的事，刚刚忘却，又被重新提起了。有一种恶臭在空气中传布着，而且逐渐把綦江霸占了。气味非常强烈，即使害了重伤风，也还是不免闻到，心里作呕的。据綦江人的经验，这是什么肉类在什么地方腐烂了，但是能是什么呢？

又过了很多日子，秘密才被发现了。一个起得很早的人，在野外发现了几条野狗正在啃着什么，等到他走近去，野狗们便恐慌着什么似的，一面哼哼着威胁一面却摇着尾巴跑掉了。

留在野地上的是一条人类的腿，不远，有一个坑，坑不深，在那坑里，几个被害者躺着，面目模糊，已经不能辨知痛苦的程度了。

原来如此！

于是有些綦江人便清楚的记起，在某些深夜里曾听到过发自那大房子里的枪声。而同类的坑，也便续有发现了。其实，綦江人关于枪声的话，是不大靠的住的。因为据后来传出的消息，他们多半是被活着埋下去的。

现在，只剩了一些支节，在綦江人的嘴里谈论着了：他们是什么人？犯了什么罪？如果真是犯了罪，为什么又不敢公表，悄悄的把死的埋掉，活的撤走呢？

"为什么呢？" C君讲完了他的故事，这样问，接着也便默然了。

但我却无论如何没想到，那些被偷偷的埋掉，慢慢的腐烂，终于在野地里发着恶臭的，竟也有程君在。

续来的消息，使我的心冰冷了。

尽管怎样掩藏的巧妙，事实还是被揭穿了。如今，这恶消息透过了威胁和恐吓，在人们的口头暗地里传布着。

程君死了，他那颗灼热的心被活活埋掉了。他再不能"熬"下去了，人们已不允许他"熬"下去了。"熬"着是痛苦的，但还有期待。在期待中寄托着一点光亮，在那光亮里活着。他现在已不能活着看那光亮了。

也许是自己也在"熬"着，对于程君的结局，我感到了真正的悲怆。

为了记录程君的被害，不，为了记录千百个被害的青年，我不能不对这个"熬"字，下一些注脚。

程君以为自己是技术人才，多少可以受些优待，所以就在"熬"中期待，一面赤诚的出一点力量，那是他看错了。因为也正有在"熬"中并无期待，所以就心安理得的不做一点事情的家伙。这些家伙自己无期待，自然更无期待中的光明；反之，就憎恶别人的期待，吞噬别人的光明。这些家伙自己不做一点事，反之，便反对别人多做事。于是程君，以及和程君相类的青年，便由此而招怨了。

"我们都这样，他们为什么那样呢？一定是共党派来的。"

于是由怨恨而猜忌，由猜忌而提防，由提防而恐惧，由恐惧而使出了看家本领：抓起来了。

但这一切都不能作为犯罪的根据。倘能坐实确为共党所派，那倒也许较为方便的，拷问的结果又说是确非共党。投效是全出于爱国的赤诚，怎么办呢？

事情是绝不能这样了结的。

既经监禁，那就决不能再释放的。除非是设法封闭这些监犯的嘴……但书店可以封闭，民众团体可以封闭，人们的嘴，怎么封闭呢？

□□□□□□。[1]

一面也开始了"找"证据，实在"找"不出，□□□□□□□

---

[1] □为 1941 年初次发表时所开的天窗。

134

□□，"□"。案情上详的时候，是这么说的：

"……查该犯等确为共党所派。希图打入我政工大队，阴谋组织暗杀团体，暗杀我于抗战有功之将领，以夺取政权。历经审问，均已承认不讳等情……"

这里说的历经审问，均已承认不讳者，据说倒是实在的。但并不是"均""承认"了的，其实是只有程君一个。

那是经过了种种精神及肉体的苛待和□□以后，由于多次的经验，已经证实分辩是无用的了。相反的，分辩和申诉只能换回更厉害的侮辱和毒打，绝望把程君陷入于恨怒的昏狂。

"哈，暗杀？你暗杀谁呢？"

"我就暗杀你，刽子手！"

对审问者，程君愤怒的吼着。一切便这样的完结了。

但这愤怒的吼声，是包含着真正凄苦的吧！为了对民族解放的热爱，他忍受着人所不能忍受的痛苦，在痛苦里舐着自己的创伤，而终于——也不得不被迫放弃这强烈的生之意志了，他的忍受到了极度了，他不得不希求着自己迅速的消灭了，他不得不把那双明亮的眼睛闭起来了。

真的闭起来了吗？也许还没有的。□□□

永别了，程君！

程君是坚强的，但那些知机早退，更健壮的追求光明者，是还要坚强的吧！

夜深沉，在我的窗下，有一阵细碎的脚步声走过去了，而接着，不远的地方，就哄起了近于淫靡的调笑。那是她们——然而也毕竟消失在雾夜里了。

忆邓中夏同志

——写于第六次全国劳动大会开会的日子

那年，我十九岁。一天，国民党特务把我捉住了。他们威胁我，要我"放明白点"，并且狞笑着把我丢到公安局的看守所。我完全莫名其妙，浑身发烧，像害了寒热病似的。我的罪状是滑稽的：谣传巴比塞[1]到上海来了，我于是到虹口码头那儿去看看，结果是扑了空，这位大文学家并没有来，失望之余，我便怅望着黄浦江的浊流，在码头那儿留恋了一会。我没有想到这会犯罪的，因此我到底没有明白究竟哪一点触怒了国民党老爷们的法律。看守所很像公园里陈列动物的笼子。粗大的栅栏里面只有光秃的地板。从栅栏里望出去，天地是很小的。秋天了，我们的笼子很拥挤，白天流汗，夜里便冷得发抖。每天，天一亮，我就等待着，很忧愁。我总在想，不论是为了黄浦江的水，还是为了巴比塞的脸，都不该这样对待我的。他们或者在清醒的时候，会把我放出去。……小天地里的太阳仿佛是很可爱的，从来没有感到阳光有如此的明澈。多少熟人的脸闪过去了，他们一定在焦灼地议论

---

[1] 巴比塞：法国作家，法国共产党人。

着。但天渐渐黑下来。一天又完了，我躺下来，在刺骨的秋风里蜷缩着。黄浦江的轮船不断的在黎明前发出短促的唤人声，看守又踏着清脆的脚步声走过去了。最后，我终于弄清楚了，最愚蠢的行为也较好于我的这种等待。

于是，对于看守所的生活，我也就逐渐习惯下来了。这儿，是生与死的门槛，人与畜的关头，是英雄与懦夫、伟大的革命者和无耻的叛徒的考验所。一批被解走了，一批又丢进来。墙壁上写满了这些进进出出人们的手迹，有的是用手指划的；有的是用人血或者臭虫的血抹的；也有用铅笔写的：

"自由的血，

灌溉了自由的花，

鲜红的旗帜，

悬挂在全世界！"

"畜生，总有一天我们要审判你！"

"我爱自由更爱真理！"

"工人阶级的血是不会白流的！"

"哈哈，你错了！"

"某某人到此一游！"

"亲爱的，你猜我现在想什么呢？"

所有那些模糊的断续的字句，我都辨认过了。我学会了很多。在监狱里，我才上了人生的第一课。那首自由的血的小诗，写的并不好，但这却是一个女工，在老虎凳上熬过五块砖的毒刑后，沾着自己的血写下的，多么真实，坚定和充满信心的情感！

我学习着！

学会了国际歌，又学会了一些别的。无聊的时候——有时候我们是很无聊的——便也学着用自己的臂膀，把地板缝里的臭虫成长串的引出来，再一个一个的把它捻碎；也学着用两个铜板夹掉丛生的胡子；也学会了用一小束棉花在地下搓出火来。以及诸如此类的事情。

一天下午，我正在聚精会神地捻着臭虫，铁门响了。一个小老头站在外面——也许他并不是小老头，这不过是因为我太年轻了。——正被一个特务解除武装。这通常是由普通警察执行的，但这次特务却亲自出马了。经过搜索，特务命令他解下鞋带和裤带：

"你放心，共产党员是不会自杀的！"

我吃了一吓！在我们这儿因为还都是些未决犯，大家虽然很亲密，但对于各人的案情却是讳莫如深的。有些变节分子在暗中窥伺着，大家的警觉是提得很高的，敢于这么公开宣称共产党员光荣称号的，他是第一个，有些什么不平常的事情发生了。

我用半块水银已经蚀落了的小镜子——不知从什么时候起，它就像遗产似的藏在我们号子里了。——伸到栅栏外边去望望，镜子里清楚地反映出他的名字：邓中夏！

当时我并不十分知道他，我仅仅是在什么地方读过他的名字。但这并不能减轻我心里的沉重。一个重要的人被捕了，多么巨大的损失！我望着他，一个结实的小老头，他正低低的兴奋的跟一个人谈话。他和我们处了三天，就被解到南京去了。在这三天里，也只有很少的时间跟我们在一起，他不断地被提出审问，审问的时间很长。有时候，他刚回来，就又被提走了。我想象着，特务们大概是急切的想从他的嘴里探知点什么，他们也许对他使用了什么最惨酷的方法。但我的想象是不能从他身上证实的，每次他回来，除了兴奋以外，就像是没经过什么一样。很难看出这是一个刚刚经历过严重的审讯的人，他甚至于不疲倦，他像是刚刚在什么地方散散步，回到家里来了。路上碰到了一个久别的朋友，因此略微儿有点兴奋。兴奋使他不能不和家里的子弟谈点什么，于是他就谈了。他总是一回来便和我们中间的一个进行那种低低的谈话。

谈些什么，我不知道。但我知道他从来没有谈过他自己。一次，轮到我了，他问我审问过几次了？挨过打没有？被什么人指证过没有？想什么人吗？

我谈着、谈着，忽然一下子把什么都倾吐出来了。究竟是什么东西使我信任了他，我不懂，但似乎是没有隐瞒什么必要似的。

"你看我会怎么样呢？"

他和我并排躺着，很平静：

"没什么，只要什么都不承认，你不久会放出去的！"

"你呢，——很，很讨厌吧？"

对于我这胆怯的询问，他没有回答，笑了。或者是：我感觉着他笑了，因为灯很暗，我并不能看得很清晰，只感到他嘴角上有些笑意罢了。这种笑意，当时使我很安心，其后很久，我才真心懂得了他的意思！

他安慰并在恰当的时候鼓励了我们。他睡的很少。有时候有点激动。特别是当特务或者警察骚扰着我们的时候。他便尖锐地抨击着。看守我们的警察，是些愚蠢而可怜的人。他们似乎养成了一种癖好，喜欢大声的对我们发表他们的训世哲学。我们不能不忍受着，于是他们便从我们的忍受里获得了满足和骄傲。但邓中夏同志很快就结束了这种场面。一次，当那猥琐的小人物又踱着方步，开始对我们发表着什么的时候，他得到了他所应该得到的：

"吵什么，你这狗！"

他似乎吃了一惊，有点恼羞成怒的样子。但他望了望邓中夏同志，嘟哝了一句便走开了。以后，当邓中夏同志留在我们一起的时候，我们耳朵旁边便清静些了。

我们之中，如果有人被提出审问，无论多么夜深，邓中夏同志都在等待着，他等待着被审问的人回来。他以一种无比的坚定关切着我们每一个，他的眼睛是那么热烈，你望进去，望着、望着便望见了希望。于是你便感到你是有力量的，无论是牢狱还是比牢狱更可怕的东西，都被这种力量碾碎了。一次，一个姓马的被提出去审问了，邓中夏同志照例等待着，差不多快黎明的时候，那姓马的才回来。他凑近去，我听到了他那惯例的低低的声音，忽然，有点什么异乎平常的事情发生了，那姓马的惶惑地解开他的裤子，连声地说：

"他们打了我，打了，你看，你看！"

我看到他的屁股上和腿上尽是青一块紫一块的伤痕，这个人是个大个子，平常有说有笑，我们都喜欢他，我的心收缩得很利害，我想哭！但邓中夏同志却一点都不看他，他的眼睛望着别的什么，很久，从齿缝中憎恶的吐出两个字：

"叛徒！"

他从什么地方知道了这个人的卑贱行为呢？从他的回避的眼睛里？还是从他那犯罪的脸色上？我想象不出，但他的判断显然是正确的，因为那以后很多天，这姓马的甚至连讲话的声音都变了，或者更正确地说，他再没脸自由地说笑了。

然而邓中夏同志终于离开我们了。他走了，被解至南京去了。那天夜里，特务就在我们面前给他上了镣，并把他的右手和另一个人的左手铐在一起。我们在栅栏里面望着他，没人敢弄出任何声响，静，静得很。他是那么坚定和有信心，这种无畏的精神似乎把他本来不高的身躯都改变了，他显得那么巨大。但不管这一切，我们望着他，望着他，非常凄楚的，他忽然回过头来向我笑笑，那么快，我还没来得及回答他，他的左手举起来——因为右手上了铐：

"打倒国民党！"

"共产党万岁！"

接着，在脚镣声中，响起了雄壮的歌声：

"起来，饥寒交迫的奴隶，

起来，全世界的罪人！

满腔的热血已经沸腾，

这是最后的斗争！"

没人敢应和他，他一个人在唱！他一个人在脚镣的节拍下唱！但世界上再没有什么声音敢于和他比拟了，他一个人，唱出了全世界的愤怒！特务们像一个阴险的人被战败了似的冷笑着，铁青着脸紧跟在他后边。我们这些在栅栏里的，我们在心里呼喊着，重复着："这是最后的斗争！"止不住眼里淌着感动的泪！

之后，我被解往另外的监狱，但因为各个监狱之间有着一种奇异的联锁，所以不幸的消息很快就传到了我们这边：邓中夏同志被国民党杀害了。

我躺着，不动地躺了很久。想着他的笑，他的兴奋，他的低低的谈话，他的愤怒的斥责，他的安慰、鼓励和等待提审的人回来时那种平静，他的雄壮的口号和他那压倒一切的歌声……忽然一下子就跳了起来。是的，一定的，从最初的刹那起，他便清楚的看见了自己的刑期。他活在这世界上的日子越少，他工作的热诚便越强。那些最后的日子，他是在一种忘我的热情里工作着的。他是个光荣的共产党员，只要还活着，他便工作，而且尽可能地多做一些。他宣传、组织、战斗……

我懂了我所不懂的一切。

"自由的血，

灌溉了自由的花，

鲜红的旗帜，悬挂在全世界！"

我记起了这首永不能忘却的小诗，记起到现在还活在我心里并教会了我一切的邓中夏同志！

一九四八年八月二日

上 前 线 去

——又名《壮丁》

（独幕话剧）

注意一

　　演出此剧时，为了获得实际的效果，最好使观众不要知道这是在演戏。戏里的某几个场面尤其重要。演员的化装要简单自然，不要太夸张。

注意二

　　演员在演这个戏时，要注意和观众答话，最好是把观众也拉到戏里来。在某几个部分尤其重要。这儿写下的台词，不过是略备一格，作为根据，演员可以根据观众情绪的发展而变更的。

　　这个戏适用于乡野的小村镇。最好是路旁的广场，假如离广场不远还有几株树的话，就更方便。

剧中人

男学生——宣传队员。

女学生——宣传队员。

乡民甲——四十余岁的土财主。

乡民乙——五十余岁。

壮丁丙——二十余岁。

女　子——壮丁丙之妹。

壮丁甲、乙。

观众若干人——人数不必固定，混在观众里面领导观众讲演，其
主要目的，为使观众与戏打成一片。

演出最好用方言。

假如方便的话，男女宣传队员最好用一面锣，沿乡村的街道敲一敲，把所有的人都邀到广场上去。

这样戏便开始。

当农民已经逐渐往广场上集拢的时候，饰演观众的人便要在这时混在农民群里，和他们开始谈话。谈话最好选择壮丁问题，并且一直到戏完，不要和他断了关系。

谈话的方式：

观　众　干什么呀，这是有什么事么？老哥？

　　　　〔对手也许晓得那最好，你可以引申几句，如果他不晓得他一
　　　　　定会说："嘿！我也还不知道呢！"

观　众　我听说这两个洋学生是卖画儿的，有很好很好的画，全是这
　　　　个女的画的。

　　　　〔对手也许答言，也许不答言。

观　众　贵姓啊！你老兄？

　　　　〔对手这时会告诉你名字。

观　众　就住在这块儿吗？

　　　　〔对手自然会说："就住在这块儿。"

观　众　（这时，不管对手问不问——问时最好，不问也要说）嘿，
　　　　贱姓王，叫王贵，是来找亲戚，逃难的，咱们家乡真不得
　　　　了啊？

〔对手自然会问你："怎么！"

观　众　征兵啊，简直是拉夫嘛！你想，国家打仗，咱们老百姓放着
　　　　太平日子不去过，犯着去卖命吗？只好躲躲！你们这儿怎
　　　　么样？

〔对手这时也许会告诉你很多话，也许不告诉。要随机应变，
把征兵的意思告诉对手。但是要注意，不要把问题扯得太深，
并且自己虽说以逃难的姿态出现，但却要把"老百姓不上前
线，日本人打过来其实会更惨"的这种意思暗示给对手，如
讲些传闻的故事之类；举例来说。

观　众　其实鬼子他妈的听说真不讲理，打到什么地方，就杀到什么
　　　　地方，有的地方连祖坟全给挖了……

〔要预备一点香烟之类，以备冷场的时候，好用来救急，自己
装作吃烟，同时要让给对手吃。

观　众　请吃烟！

〔对手也许要跟你客气，说："不客气！"

观　众　来吧，来一根，客气什么，咱们都是中国人，鬼子打来的时
　　　　候，恐怕连烟也没的吃了！

〔这样谈话便重新开始，一直继续到广场上，围拢来，看到男
女学生的画片的时候。

观　众　看，我说是卖画的吧，那不是画！

〔这是开始谈话的方式之一，演员自己也可以换别的方式，但
要注意这里面的几个特点：一、征兵问题的提起。二、关于
日本人打来的时候，就没法生活的暗示。三、谈话要和蔼，
诚恳而亲密。

〔男女学生持宣传画，这画是一种时事的特写。画要单纯简明

而有力，最要紧的是要使观众懂，并且爱好。画为了容易使观众观览，最好是挂在竹竿上，可以翻阅。

〔锣声一停，女学生就打场子。打好场子，男学生就可以开始演说：演说的方法是以画为主体，以引动观众的兴味。

〔第一幅画是写"九一八"的故事：画着一个凶恶的日本人，占据在沈阳城上大吃大嚼。城门楼上挂着几个尸首，有小孩、妇女、老年人。城外远处有义勇军用枪向城内作射击状。

男学生 （向观众）诸位老乡，我们既不是走江湖卖艺的，也不是卖画儿的。我们两个都是学生，本来在上海念书的。现在上海给日本鬼子占去了，我们的学校也让日本小鬼的炸弹给炸坏了，日本小鬼在上海，现在是到处杀人放火，我们不得已，才从上海逃出来。逃出来以后，就把在上海时的所见所闻，画了几张画给老乡们看看，日本小鬼是怎样欺负咱们中国人，这画上画的，全是真事！

〔饰演观众的人要于此时跟观众答话："呦，老乡，这两个人原来是学生啊！""看，那个大概是日本鬼子，他妈的多凶！""那几个吊在城门楼上的一定是中国人，让日本小鬼给杀掉的！"等等，要注意观众的话，把那话记录下来，以后仿此。只要有机会，便要和观众问答，但以不妨碍男女学生的戏为原则。

男学生 诸位老乡，请看这画儿，这是六年前日本鬼子占领我们东三省的故事。这个城是沈阳城，这个人是日本人，你们看，日本人把我们的沈阳城占据了，在那儿大吃大嚼，他吃的是我们中国人的血，他嚼的是我们中国人的肉，中国人不管你是老的，小的，男的，女的，都被他们杀掉，挂在这个城门楼子上了。诸位老乡，我们难道就这么忍了下去吗？我们难道会甘心吗？不，你们看，许多老百姓已经拿起枪，准备给他们的父母妻子报仇了！

〔这时饰演观众的人要设法为观众讲东北的故事。

〔女学生把画翻过去，第二幅出现在观众面前。这第二幅是画的通州县城，城里城外画满了烟鬼赌鬼一类的人物，日本人站在山海关头狡猾地笑着。

女学生　诸位老乡，请看这一幅画。日本人占了我们的东三省，还不够，又占去了我们的热河；还不够，又想进一步占领我们的华北；占领华北之前，先占了我们的冀东。诸位请看，这冀东的老百姓在日本人的压迫之下，都变成鸦片烟鬼了，都没有好日子过了。田地被他们霸占了！壮丁都被他们拉去做工，做完工又都投在河里淹死了！请诸位想想，这亡国奴的滋味，是人受的吗？

〔观众说："嘿，做了亡国奴还不如死了的好！""嘿，要是真死了，倒没有什么，就怕不生不死，天天受日本小鬼的气，那才糟糕呢！"

〔第三幅画，是卢沟桥的故事。卢沟桥上有雄赳赳的中国兵，桥旁有许多老百姓逃难，远处日本兵在放炮……

男学生　诸位老乡，再看这一幅，这就是去年七月七号的事。鬼子要占领我们的北平，占领我们的天津，占领华北五省，就在卢沟桥找茬儿，向我们的守军开炮了。现在天津、北平、太原、绥远、济南这些华北的大城市，已经都给日本小鬼占据了。那地方千千万万的老百姓，已经都被他们杀光了！

〔观众说："日本人这么厉害呀？"

男学生 不，不是日本人厉害，是我们老百姓太软弱了。日本小鬼打来的时候，老百姓待在家里等死，这怎么行呢？现在华北的老百姓就已经很知道等死是不行的了，所以都拿起枪，跟日本鬼子打起来了。诸位老乡，你们说还是等死好呢，还是趁着日本人没打到，拿起枪来把他们赶跑好呢？

女学生 自然是现在就拿起枪的法子好。你们看这第四幅画。这是描写上海战争的，在去年八月十三那一天，我们中国的军队，和日本小鬼在上海打起来了，足足打了三个多月，打死了不少的日本兵。现在日本人已经把上海占去了，正向我们这儿打来，打到一处，就杀光一处，逃也逃不掉，因为你逃到哪儿，他们就追到哪儿，除了当兵上前线，把鬼子赶跑是没有别的法子的。

〔观众说："怎么？听见了没有？老哥，看这样子逃也逃不掉啊！""日本鬼子真这么凶，见人就杀吗？""除了当兵以外，看样子家是保不住了！"

〔正在这时候，观众群里有些骚动，大家都争相问讯，有两个人——乡民甲、乙互相扭着挤进来。

乡民甲 （向男女学生及观众）动问一声，你们哪位是区长？

男学生 我们这儿没有区长，他不在这儿。

乡民甲 （看了一会）啊，也好，也好。就请大家评评理吧，这小子实在太不讲理了，我非得请区长办他不可！太可恶了！

乡民乙 （也不禁勃然）是我不讲理，还是你不讲理？你他妈的别跟我装蒜！

乡民甲 什么？你还敢骂人吗？

乡民乙 谁骂人咧？啊，你们诸位听见了，谁骂人咧？

乡民甲　没骂人，你是放屁呢！老子出了钱，受骗，还要吃官司！哼，便宜全被你占去啦！

乡民乙　你说什么？你说什么？

乡民甲　还钱来！

乡民乙　钱又不是我拿的！

乡民甲　没钱拿人来！

乡民乙　人又不是我的儿子！

乡民甲　（大怒）我打你这个王八蛋！

乡民乙　什么，哈，真是反咧，造反咧！

男学生　啊，两位老乡，你们究竟是什么事啊！

　　　　〔观众："你们究竟什么事啊？""这两个人该不是疯子吧？"

乡民甲　诸位，你们听，前些天——啊，这才几天啊……

乡民乙　（插嘴）诸位，完全不是这么回事！

乡民甲　你还有话说呀，你……

男学生　别嚷，别嚷，让你先说，你说吧！

乡民甲　是这么回事，不是说征兵吗？我家可腾不出人来，咳，人哪有胆子去当兵啊！一听到兵字，怕都怕死了，正愁着没办法的时候，可巧他来了，我们一谈天，他说他有办法！

女学生　他有什么办法呀？

乡民甲　你们诸位不晓得，他是个人贩子！

乡民乙　胡说！帮你的忙，你反要血口喷人吗？

男学生　我晓得了，一定是你出钱，他出人，买了个人替你去当兵了！

乡民甲　嘿，三百块呀！三百块钱托他给找了个人，两下都说好了，谁晓得他的人方入了伍，还没有到前线就偷着跑了。弄得上

151

头到我家里来找人，交不出人来就要吃官司，你想，这不是要我的命吗？

乡民乙 诸位请想想，军营里的规矩，人能跑得出来吗？那个人——分明是他谋害了。

乡民甲 你说什么？

乡民乙 诸位请看，我才说了这么一句，他就怕得这个样子，一定是他谋害了。这个人，本来是我家里的长工，一个外乡人，就住在我家里的！

乡民甲 这真是——我怎么会谋害他呢？我怎么会……

乡民乙 你怎么不会呢？你一定是舍不得三百块钱方把他杀死的！

乡民甲 钱又不在他身上！

乡民乙 为什么不在，你以为我会吞掉他那三百块钱吗？——哼，算我瞎了眼，白交了你这个朋友，白帮了你的忙，这里面，我一点好处都没有，钱全交给他了！

乡民甲 真是岂有此理，太阳老爷在上头，你黑心说话可不行！

乡民乙 我告诉你吧，你不找我，我也要找你！现在他的家里来人找他了，在我的家里哭哭啼啼，你还我人吧！

乡民甲 我不管，你给我我人去！

乡民乙 你还我的人！有了人！还你三百块钱！

乡民甲 钱不要，要人！

男学生 （向乡民甲、乙）对不起，这个人家里真有人来找吗？

乡民乙 谁还说假话，一个女人，自己说是他的妹妹，疯疯癫癫的！嘴里胡说一气，找不到她哥哥，就要寻死！

女学生 他是什么地方人？

乡民乙 ××人！

男学生	那个地方不是已经给鬼子占了吗？
乡民乙	所以他妹妹才逃难出来了呢！
男学生	现在她在哪里？
乡民乙	在哪儿，我也不晓得，（指乡民甲）要问他才知道！
乡民甲	我怎么知道，我正要问你呢？
男学生	（向乡民乙）我是问你他妹妹在哪儿？
乡民乙	谁晓得她跑到哪儿去了，这个女人简直是个疯子！

〔观众窃窃私语："疯子！"

乡民乙	嘿，你们诸位不晓得，这个女人也不是好惹的，一听说哥哥去当了兵，那股子劲，就比死下人还难过，看样子怕……我说诸位，我真怕她去寻死呢！
男学生	那么，你是不晓得她哥哥到什么地方去了！
乡民乙	我要晓得，我就不是个人养的！
男学生	你也不晓得！
乡民甲	我晓得个屁！
男学生 女学生	这可真怪了！

〔观众窃窃私语："真有点奇怪！""我们去问问他！""别管他的事！"诸如此类。

〔突然观众有人说："该不是有人把他藏起来了吧！"

乡民乙	（作不屑状，未理会）
乡民甲	谁？谁把他藏起来啦？谁？

〔观众不语。

〔众人正在寻思这件事情的时候，观众中忽然起了一种骚动。

民 众	怎么回事？怎么回事？

男学生 （远望）那儿出了什么事了！

　　　　〔当这种骚动弥漫了全体观众的时候，远处，有人焦急而恐怖的喊嚷："救命啊！""救命啊！"

女学生 （大惊）有人上吊了！

男学生 快去看看！

　　　　〔大家都一窝蜂地往出事地点跑。——出事地点——其实是预先布置好的——最好在一棵树底下，树下还有一根绳子，捆在那儿。上吊的女子已被放下，两个壮丁守在旁边。女子面色惨白，俨然死尸的样子，嘴角最好有点白沫。男女学生最先跑到。

男学生 怎么了，这个女人怎么回事？

壮　丁 嘿，快不要说起，我们两个到××军去报到，打这儿过，突然看见这个女子在上吊，大家快想办法。

男学生 本地有医生没有？

女学生 看看还有没有气！（她伏倒听）还有气，哪位给她拿碗水来！

　　　　〔饰演观众的人赶快发动人去取水。

　　　　〔在忙乱的时候，饰演观众的人可以和观众作如下的问答：

　　"这是谁的女人？"

　　"不晓得。"

　　"也是外乡人吗？"

　　"嗯。"

　　"哦，真是可怜！……"

　　　　〔乡民乙从人丛中抢出，扭住乡民甲的领口。

乡民乙 好，好，真的寻死了！我找你算帐！我看你……

154

乡民甲　（畏缩地）怎么，怎么？——这关我什么事？

乡民乙　关你什么事？好，这就是他的妹妹，你把她哥哥害了，还关你什么事？

乡民甲　（莫知所措）真……

乡民乙　（理直气壮）走，咱们打官司去！走！

男学生　喂！这儿都死下人了，你们还吵！怎么这么没人心？

　　　　〔两人默然。

　　　　〔女学生一直在为女吊死者行人工呼吸，忽然兴奋地喊："有活气了！她动起来了！"

乡民乙　这更好了，她活了，咱们可以问问她。

　　　　〔观众中有人说："不用问，准是你把他藏起来了！"

乡民乙　什么——哈！我为什么藏他，你怎么知道！

　　　　〔女子渐活动。

女学生　喂，喂，醒醒，醒醒。你有什么委屈，说给我们听听，喂，怎么寻短见呢？（一直叫喊着）

　　　　〔女子睁开眼睛。

女学生　（大呼）喂，你醒了吗？你活了吗？

　　　　〔女子挣扎。

　　　　〔女学生扶她坐起。

　　　　〔女子突痛哭。哭声太惨！

　　　　〔观众彼此对话："真惨！她一定有什么冤枉！""她哥哥究竟到哪儿去了？""这里面一定有什么花头！"

　　　　〔正在这时候，忽然有人自外面冲入，一面喊："妹妹！""妹妹！"

壮丁丙　（冲入，看见痛哭的女子，急跑向前，两人抱头大哭）我听说吊死人了，想不到是——

乡民甲 （忽然惊悟）这不是吴傻子吗？喂，我正找你，好极了，好
极了！

〔乡民乙瞠然不语。

乡民甲 （趋前）你怎么逃回来的！快说，快说！

〔两人仍大哭。

乡民甲 喂，你怎么逃回来的？……

男学生 你不能等会儿再问吗？

〔乡民乙欲凑到壮丁丙跟前去讲话，又迟疑。

壮丁丙 （哭着说）妹妹，你怎么弄到这个地步，听说咱们老家，已经
被鬼子占去了，是吗？

女　子 ……

壮丁丙 爸爸呢？妈妈呢？弟弟呢？

女　子 ……

壮丁丙 他们为什么没跟你一道来……

女　子 哥哥，咱们活不下去了！

壮丁丙 怎么？

女　子 爸爸，妈妈，弟弟都被日本鬼杀死了哇！

壮丁丙 （大惊）什么，什么，你说什么？你说什么？妹妹，你疯
了吗？

女　子 哥哥，我一点也没有疯，我亲眼看见的啊！

壮丁丙 啊！（呆立不语）

女　子 在三月卅日那一天，爸爸从外面回来，说前线上吃紧，咱们
的家恐怕要保不住了！那时候，大家都以为逃命的好，爸爸
不肯，说日本人也是人，咱们也是人，咱们本本分分地做个

老百姓，又不招他又不惹他，他又何犯着损害我们呢？可是妈妈害怕，妈妈看见日本人就哆嗦，一定要逃命，爸爸不肯逃。我记得，妈妈和爸爸，为了这个事，还大吵了一顿……

壮丁丙 ……

女学生 那么，以后你怎么逃出来了呢？

女 子 以后越来越不对了，村子里的人全快逃光了，连硬心肠的爸爸心也软了。再加上妈妈整天和爸爸吵嘴，爸爸就让妈妈带了弟弟和我逃出来，他一个人留在家里，说等太平了再回去，可是，现在叫我们回到哪儿去呢？

壮丁丙 那么，你怎么晓得爸爸被鬼子杀了呢？

女 子 你听我说，我跟了妈妈和弟弟逃出来，跟着难民们在一起走，满以为命可以保住了，谁知道日本鬼子的飞机天天在头顶上飞，天天在我们头顶上掷炸弹，天天用机枪向我们打。有一天在一个地方，我们实在走不动了，坐下歇了歇脚，人已经三天没吃饭，实在饿得受不住了。妈妈就给了我几毛钱，让我到附近去买点东西来吃，可是等我把东西买回来的时候……

壮丁丙 怎么样？

女 子 万恶的鬼子的炸弹，已经把妈妈和弟弟炸死了呀！当我找到妈妈的时候，妈妈就只剩了一口气了，妈妈说："你快逃吧，别管我了。"可是，哥哥，让我逃到哪儿去呢？我能逃到哪儿去呢。

壮丁丙 （痛哭）

女 子 我走着走着，碰到了咱们村里的张大叔，张大叔在日本鬼子打来的时候，并没有逃，他拿了一根枪，躲在一个地方，打死好几个鬼子。张大叔说，鬼子进了村子就把爸爸捉住了，

157

问他要钱，问他要米，问他要女人，就这样活活地把爸爸打死了！

壮丁丙　……

女　子　幸亏张大叔指给我路，让我来找你，好容易走了七天七夜，才找到你这地方，可是这位先生（指乡民乙）又说你也在前线打死了，弄得我找又找不着你，住也没有地方住。

壮丁丙　张大叔呢？

女　子　张大叔又上前线去打仗了，他说要想保住我们的家，保住我们的命，除了跟鬼子拼，除了把鬼子赶跑，是没有办法的！

壮丁甲　对了，你张大叔说得不错，除了跟鬼子拼，简直没办法活下去。

壮丁乙　等在家里是死，逃命也是死。我们也是到前线入伍，去打鬼子的！哦，我们还要赶路呢，我们要走了，再见吧！诸位！

壮丁丙　等一等！（凶猛地向乡民乙）谁跟你说我在前线打死了！

乡民乙　……

壮丁丙　你这个鬼东西！……

乡民乙　（赔笑）喀，这你何必介意呢？我因为……

壮丁丙　因为你想乘机发财是不是？

乡民乙　你看，这又……

壮丁丙　你他妈给了我五十块钱……

乡民甲　（大惊）怎么？他只给了你五十块？

壮丁丙　让我冒充别人的名字去当兵，报了到，又让我逃回来。

乡民甲　这全是他教你，哈，哈！

〔乡民乙欲走状。

壮丁丙　（拉住他）别走。逃回来，你又让我藏着，又告诉人我已经死

158

了，又想逼死我的妹妹，你他妈是存的什么心！

〔观众中有人喊："简直是狼心狗肺吗！""揍他！"

壮丁丙 要不是我听说吊死了人，跑出来看看，我的妹妹说不定真死了呢，你这个……

乡民甲 喂，诸位，这可明白了，全是这小子耍的鬼，拿了我三百块，只给他五十块……

壮丁丙 我问你……

乡民甲 嘿，你先别问他，我倒要问问你，钱不钱都是小事，你倒是快去替我当兵啊，上面追得很紧呢！

壮丁丙 嘿，我是要去当兵的，可不是为你，为我自己，我要给我的爸爸、妈妈、弟弟报仇！我不愿意留在这儿等死，我马上就跟这两位去入伍！

壮丁甲
壮丁乙 好，咱们走吧！

男学生 等一等，我听了这半天，现在方明白了，诸位，我讲几句话，大家看对不对？

〔观众中有人喊："你讲吧！"

男学生 我方才就说，日本鬼子想把我们的田，我们的房子，我们的钱，都霸占了去，把我们的人都杀光，日本鬼子一天不赶走，我们是一天也没有太平日子过的。诸位请看，眼前就是一个榜样，他们的家被占的时候，爸爸守在家里，被鬼子杀掉了，妈妈逃出来，也被鬼子炸死了！日本鬼子打来的时候，不逃是死，逃也是死！现在鬼子已经进到了××，眼看着就到我们这地方来了，诸位还是等死呢？还是上前线当兵把鬼子赶跑？

〔观众中有反应。

男学生 现在这几位就要到前线去，他们是明白人，我们应该跟他们学，至于你（指乡民甲）以为用钱买个人替你去打仗，你就可以逃掉吗？告诉你，这不会的！等到鬼子打到这里，你的家，你的老婆，你的儿子，连你自己，全会给他们杀死的！要想保全你的家，就只有上前线！

乡民甲 ……

男学生 还有他（指乡民乙），诸位，现在咱们国家已被鬼子欺负到这步田地，咱们的同胞，已被鬼子杀了千千万万，咱们的家，眼看着就不保了，他还想利用人家，自己发财。用狡猾的手段，收买壮丁，鱼肉乡里，壮丁入伍以后，又让他逃回来，逃回一个人就等于增加鬼子一分力量，因为我们就少了一个人上前线！这种行为是足以帮助日本鬼子来杀我们自己人的行为，帮助日本鬼子就是——

〔观众大声喊："汉奸！"

男学生 汉奸怎么办？

〔观众喊："送到官里去枪毙！"

男学生 好，我们这就把他送到官里去枪毙！

乡民乙 喂，诸位，我是好人，我……

男学生 （向壮丁丙）你上前线很好，你的妹妹可以交给我们，你放心……

女学生 （向女子）你跟着我在一道好啦，我这就到医院去学看护，看护伤兵，帮着弟兄们打仗！

壮丁丙 好，妹妹，就这样吧，你也可以为国家尽一点力，我们走了，到把鬼子赶出中国的时候，咱们再见吧！

壮丁甲
壮丁乙　走吧，恐怕天黑了，路上难走！（三人下）

男学生　（向乡民乙）走，到县里去！（带了乡民乙等下）

〔饰演观众的人，这时要发挥更大的效果，开始以自己联络所
得，尽自己的责任。倘是以前所举的例子那样出现的，便要
向那位观众说："嘿，老哥，看见没有，我的主意打错了。还
是回去报名入伍吧！把鬼子赶跑，才有太平日子过呢！你老
哥觉得怎么样？"

〔这样发展下去。

附注：此戏除乡民甲、乙争吵一段，及女子上吊起至壮丁等
下场一段需按台词表演外，余者均可视演出方便，自由发挥。

怀 乡 曲

（独幕话剧）

人物

　　小狗子　和尚　和尚的娘　陈碧君　吴老爹

　　汪六　徐大　难民甲　难民乙　地保　其他

时间

　　一九三八年秋。

地点

　　四川嘉陵江畔。

因为连日下了几天雨，重庆的天气一下子就从盛夏降到中秋了。

嘉陵江的水比平时高了八丈，虽说水势已经逐渐平稳了，可仍然是翻滚沸腾。一些撑船的与拉纤的，因为比平日更感到了水的威胁，所以吆喝声就格外来得沉重而悲凉。

江岸上，靠近都市这一边，有些临时搭成的草棚，其中一部分已经禁不住雨水的侵蚀而倒塌了，有些虽没倒塌，可也显得摇摇欲坠的样子。这和江对岸，那因为雨水，那显得青绿的禾苗，更显得美丽的山峰，恰好造成了一个鲜明的对比。

是在一间行将倒塌的草棚子前面，有些难民模样的人走来走去。

〔幕后，微闻船夫的吆喝声"嘿哟，嘿呀"的，开幕后，渐显渐微。

〔地保持锣上场。

地　保　（敲锣，一面用眼角斜视锣后写在红纸上的字）

〔在锣声里，有些难民攒集了来，小狗子、和尚、汪六也在内。

地　保　（不可一世似的敲着锣）

难民们　什么事呀？

　　　　啥个事体？

地　保　（拉长了嗓子喊）

　　　　特此鸣锣通知，（敲锣）

　　　　现今天气转凉，（敲锣）

宵小乘机滋事；（敲锣）

所有难民人等，

不许随便走动；（敲锣）

倘有遗失抢劫，

地保概不负责！（大敲锣）

难民甲　你说什么？我们抢人啊？

地　保　（不理）特此鸣锣通知，……

汪　六　先生，借问一声，这地方有贼呀？

地　保　（不但不理，而且鸣锣而去）

汪　六　（张皇地）你们听清楚没有，这地方有贼，会偷人的！

难民甲　放心吧，汪六，没人偷你。

汪　六　偷我？你怎么想得出来，偷我？逃到这儿来以后，我一个铜
　　　　子也没有了，还要偷我，你不是跟我开玩笑吧！你不是——

难民乙　你有没有钱，干我们什么事！

汪　六　我有钱？我哪儿有钱！日本鬼子抢得我还不够苦哇！我哪儿
　　　　还有钱。就是有几块钱，也是预备买棺材送终的。预备把这
　　　　把老骨头运回家乡去入土的，这个钱你们也眼红，也想偷！

难民乙　你这是放屁吗！

难民甲　和他讲什么，走吧！

难民乙　当心，汪六，别真的有人偷了你！

汪　六　什么，你说？你说什么？（难民甲、乙下场）这世界上没一
　　　　个好人，看见你有几个钱，都眼红了！（突然看见小狗子跟
　　　　和尚睁大了眼望着他）哈，你们这两个小不死的在偷听我的
　　　　话呀！你们听见了没有，你们听见没有？

小狗子　我听说，要偷钱！

汪 六　要偷钱？要——完啦，我怎么活下去呢？离开了家，尽碰见些强盗，连小孩子都在打我的主意了！（匆匆地下）

　　　　〔两个小孩在他背后作鬼脸。

和 尚　哼，我妈比他有钱得多！

小狗子　我们家里也有很多钱！

和 尚　你们家？你们家的钱早给日本鬼子抢光了！

小狗子　谁跟你说的？

和 尚　谁？吴老伯伯也说，陈老师也说，陈老师在汉口的时候告诉我的！

小狗子　你扯谎，你胡说八道！我爸爸跟我妈妈，都在家看家呢！日本鬼子动也不敢动，他们一动，我爸爸就揍他，我爸爸厉害着呢！

和 尚　（偷偷地）我告诉你吧，小狗子，这是我偷听来的！你爸爸早死了！

小狗子　瞎说！（想了半天）你瞎说，谁不知道你爸爸死了，你妈就跟徐大好！

和 尚　（凶狠地）你再说，我揍你！

小狗子　徐大在船上的时候，跟你妈困觉，吴老伯伯都看见了！

　　　　〔和尚冷不防一拳打过去。

小狗子　你打人哪，你打人哪！

和 尚　打你怎么着！

　　　　〔小狗子也冷不防一掌击过去。

　　　　〔两人扭在一起。

　　　　〔和尚的娘急上。

和尚娘　和尚，和尚！还不住手，（一边拉开和尚，一边给了小狗子一个嘴巴，小狗子哇的一声哭起来了）看你人小，心可倒坏，怪不得你爸、妈被日本鬼子砍了，也不知道你祖上哪辈子缺了德，才有你这个报应！

〔小狗子大哭。

〔吴老爹闻声而上。

吴老爹　这是怎么着，和尚他娘！大家伙逃难，应该彼此照应着点，难道说逃难倒逃出冤家来了！两个孩子打着玩，有什么大不了的，你怎么倒跟小孩子一般见识呢！

和尚娘　（冷笑）我有什么见识，有见识也掐算不出人家的鬼心计呀！

吴老爹　你这是什么话？

和尚娘　什么画，壁上挂！谁晓得小狗子是你什么人呢！

吴老爹　啧啧啧，看你这话说得！他没了家，我也没了家；他一个小的，我一个老的；大家都是从家乡逃出来的，我关照关照他，难道还有什么说词？

和尚娘　（突然凶狠地）没什么说词，你管闲事！要你管闲事！

吴老爹　（退让地）得咧，得咧，徐大又喝醉了酒，在那儿骂人呢，你去管管吧！

和尚娘　（仿佛是刺到隐处，默然半天，然后冷笑两声）哼，徐大，徐大喝醉了酒，干我什么事，又不是亲的，又不是旧的。一滚了黄汤，就拿老娘来出气，他醉死了我才称愿呢！和尚，走，少和那没来历的小子在一道玩！

〔和尚不情愿地随娘下。

〔剩下吴老爹摇了摇头，捡了块较干净的台阶坐下，小狗子依偎到他身边去。

吴老爹　嘿，这天什么时候才得晴啊！

168

〔两人默然。

〔江内泛起了船夫们的划桨声。

小狗子　老爹，我要回家。

吴老爹　你看江里这么大的水，怎么好回去！

小狗子　怎么？

吴老爹　家被水淹了！

小狗子　不，人家说，被日本鬼子占了！

吴老爹　咳，那反正是一样的！

小狗子　不，不一样，陈老师说，咱们要回去打鬼子！

吴老爹　（注视着小狗子，有顷）孩子，快快地长吧！

〔船夫的吆喝声渐远渐微。

小狗子　老爹！

吴老爹　啊？

小狗子　这几天爸爸还有信哪？

吴老爹　没……有信！

小狗子　信上怎么说？还提狗子啦？

吴老爹　提咧！他说……他说……狗子跟吴老爹在一块，他很放心！

小狗子　他们还太平啊？

吴老爹　太平，他们一点也用不着担心思啦！

小狗子　狗子养的那两只小鸡，还会下蛋吗？

吴老爹　会……会下蛋啦！

小狗子　妈还从庙里把小弟弟抱回来啦？

吴老爹　抱……抱回来了！

小狗子　日本鬼子没跟爸爸打架呀？

吴老爹　没……（突然抑制不住，老泪纵横，抱住狗子）孩子，咱们的家完了！

小狗子　完啦？家呢？

吴老爹　被日本鬼子霸占了！

小狗子　我的小鸡呢？

吴老爹　被日本鬼子宰着吃了！

小狗子　小弟弟呢？

吴老爹　死在娘胎里了！

　　　　小狗子，我爸跟妈呢？

吴老爹　被鬼子砍了！

小狗子　（怔了半天，突然伏在吴老爹怀里痛哭）

吴老爹　孩子……快快地长吧！长大了好回家去打鬼子，好回家给你
　　　　爹妈收尸，好回家去给你的祖坟烧纸！

小狗子　我什么时候才能长大呢？

吴老爹　快了！你看对岸的稻子就快黄了，黄了又青，青了又黄，不
　　　　消几年，你就是一条汉子！

小狗子　你呢？

吴老爹　我？谁晓得呢？也许再看不见家乡的土，就这么死在外
　　　　头了！

小狗子　我不要你死！你一死就没法回家了！

吴老爹　提起家，孩子，哪怕我回去再看一眼，就死也心安了！你看，
　　　　对岸的稻子黄了，是收割的时候了。咱们家的节气早，恐怕
　　　　早稻都已经收到场上了。咳，现在却都白白的送给那些日本
　　　　鬼子跟汉奸了！

　　　〔小狗子做要走的样子。

吴老爹　你干什么？

170

小狗子　我回家找妈去！

吴老爹　你妈已经没了，到哪儿去找呢！

小狗子　不，她在家里看家呢，我找她去！

吴老爹　（无可奈何地）孩子，坐下来，坐下来，我讲故事给你听！

小狗子　讲什么故事啊？

吴老爹　讲个家的故事！

小狗子　什么家的故事啊？

吴老爹　孩子，你晓得家是怎么来的？

小狗子　怎么来的？

吴老爹　那都是咱们祖宗的血，祖宗的汗弄起来的！

小狗子　什么呀！

吴老爹　那一年，——大概总有几百年了吧——黄河发大水！

小狗子　黄河是什么呀？

吴老爹　黄河是北方的一条河！

小狗子　那地方有没有日本鬼子呢？

吴老爹　那时候没有，现在也有了，黄河发大水，把咱们的家淹了，
　　　　人差不多都淹死了，只剩了一个老头和一个小孩子，逃到了
　　　　高坎上，算是没有死。等到水落了点，他们也像我们一样，
　　　　逃起难来。那时候还没有难民收容所，他们只好一路讨饭，
　　　　逃到我们现在的家乡。那时候，那一带还都是荒地，那个老
　　　　头和小孩子就在那个地方住下，领了几亩荒地过活起来。后
　　　　来那孩子长大了，就在当地娶了亲……

小狗子　他们是谁呀？

吴老爹　他们一个姓吴，一个姓范。因为姓吴的年纪大了，所以姓范
　　　　的家的头生儿子，就过继给姓吴的，这两家人后来繁荣起来，

就造了个庄子，一个就是我们吴家集，一个就是范家庄。孩子，那姓吴的老头就是我们的祖宗，姓范的小孩子就是你的祖宗，你记住吧，咱们吴范本来是一家啊！

小狗子　那老头和小孩子呢？

吴老爹　他们早死了！孩子，我们本来是一家人，不过是隔的年代久了。现在我的家没有了，你的家也没有了；我没有亲人了，你也没有亲人了；你就跟着我过吧，万一将来娶亲生子，也好过继给我一个，让他在我的坟前烧张纸！

〔草棚内突然响起吆喝声。

〔和尚娘和徐大一路打骂着上。

和尚娘　滚，滚，给我滚！你个活王八死乌龟，不是人养的，给我滚吧！

徐　大　（一把拉住吴老爹）吴老爹，吴……老爹，你来，——给我做个见证！

吴老爹　这又是怎么啦？

和尚娘　姓吴的，你少管这笔账。咱们河水不犯井水，各走各的路。你别越上岁数，越讨人嫌！

吴老爹　（急忙抽身）是，是，我就不管。

徐　大　（拉住他）不，不，——你——你给我做个见证！

和尚娘　证什么？

徐　大　从今天起，我要跟你这个臭娘们儿一刀两断啦！

和尚娘　哈，老娘稀罕你呀？又臭，又脏，又——给我滚吧！

徐　大　她是什么东西？一个烂污货，一个卖的！谁晓得你跟什么人睡过，谁晓得？

吴老爹　管闲事，落不是！你们这笔帐，我算不清楚！这证人我也做

172

不了！小狗子呢？（小狗子不晓得什么时候溜走了）小狗子，狗子！这孩子，别真的走了！（急下）

〔到场上只剩下两个人的时候，和尚娘忽然变了一个样子。

和尚娘　徐大——过来。

徐　大　过来——就过来——

和尚娘　你真想跟我一刀两断啊？

徐　大　一刀——两断——

和尚娘　你以后衣服脏了，可没人洗了！

徐　大　有——有人。

和尚娘　背上痒了，可没人搔了！

徐　大　有——有人。

和尚娘　嘴要馋了，可没有肉了！

徐　大　有——有肉。

和尚娘　（突然暴躁起来）哪儿来的，哪儿来的？

徐　大　咱家里的老婆，比你标致多啦！

和尚娘　哼，你做梦啊？你家里的人早让鬼子睡了！

徐　大　（忿怒地）什么？你说？

和尚娘　让日本人睡了！

徐　大　我老实告诉你吧，我这就要回去了！

和尚娘　你到哪儿去？

徐　大　回家去！

和尚娘　送死呀！

徐　大　打鬼子！

和尚娘　没钱做盘费，也是白搭呀！

徐　大　钱？要多少？

和尚娘　一个铜板也要挖老娘的荷包啊！

徐　大　哼！

和尚娘　（大惊）你有钱？

　　　　〔徐大得意地拍拍自己的腰包。

和尚娘　（暴躁地）什么？你偷来的，骗来的，抢来的，还是卖屁股赚
　　　　来的？

徐　大　哈哈哈！哈哈哈！

和尚娘　（追问）你说，你说，你说呀！

徐　大　我说，——我跟你一刀两断！

和尚娘　你个没良心的，你个狠命的！你个活王八死乌龟，我是现世
　　　　现报，老天爷你怎么不睁眼啊？（坐在地下，嚎啕大哭）
　　　　〔半天。

徐　大　（酒仿佛逐渐醒了）和尚的娘，和尚的娘——

和尚娘　（仍然哭叫）怪我瞎了眼，怪我那老鬼死的早哇，我的天呐！

徐　大　算了吧，和尚娘，算了吧，和尚娘！

和尚娘　要不是那死不绝的鬼子，谁认识你个秃驴贼王八呀！我的
　　　　天呐！

徐　大　别嚷咧，看人家笑话！

和尚娘　怎么叫我在几千里外丢这个人呐，……

徐　大　算我说错了！

和尚娘　……

徐　大　怪我喝醉了酒，多说了两句！

和尚娘　……

徐　大　其实我的心里——

和尚娘　滚！

徐　大　得，得，给你赔个不是，就完咧！

和尚娘　谁稀罕你的不是！

徐　大　要是别人，想叫徐大赔不是，可说难了！

和尚娘　不稀罕！

徐　大　（有感地）在家乡的时候，谁不说我徐大是条汉子，皮里有
铁，肉里有钢，一手就推倒一面墙的！

和尚娘　你哪儿来的钱？

徐　大　（吞吐地）一个朋友送我的！

和尚娘　朋友是谁？

徐　大　一个同乡！

和尚娘　同乡为什么给你钱？

徐　大　他叫我回家去！

和尚娘　我不准！

徐　大　（激动地）和尚娘，你看我徐大是什么人？我早就不是人了！
这样东躲西藏的，铁汉子有什么用！老婆给鬼子睡了，爹妈
被鬼子杀了！徐大，一个铁汉子却逃到外乡来，叫我有什么
脸活着呀！

和尚娘　……

徐　大　我从前滴酒不饮，现在，我一天到晚睡在酒缸里，不，我不
是喝酒，我是心里难过！从前的徐大呢？死了，死了！

和尚娘　咳，我知道你难过，我可是没法子呀，谁不想家呢？

徐　大　和尚娘，你待我好，有情，有义，徐大心里记着你！

和尚娘　别废话，你打算什么时候走？

徐　大　怎么？

和尚娘　我跟你一道去！

徐　大　瞎说，一个妇道人家——

和尚娘　妇道人家用处大着呢！

徐　大　不——你怎么能——

和尚娘　我跟着你，你要打鬼子，我给你装子弹；你要杀人，我给你找绳子；你要睡觉，我给你轰蝇子；你要受了伤，我给你捆伤口……

徐　大　不，和尚呢？

和尚娘　留在难民收容所里！

徐　大　你舍得下呀！

和尚娘　我什么都舍得下，就是舍不下家，舍不下你！

徐　大　那么——

和尚娘　我这个人，急性子，说走就走，咱们打听船去！（向内叫）和尚，和尚！你等一等，我就来——

　　〔她进草棚，草棚里有哗闹声。

　　〔一会儿，听见和尚娘的声音："这可怪咧！和尚怎么不见咧！"

徐　大　（不安地）他们闹什么？

　　〔和尚娘由草棚出。

和尚娘　没事他妈的扯臊，汪六丢了钱，在那儿骂人呢！看他也不像个值钱的货！

徐　大　说不定——是有人把他偷了！

和尚娘　谁会偷他，他不偷人就好了！

　　〔汪六，难民甲、乙、丙及其他人一拥而上。

汪　六　不行，不行，我得报告警察去！

难民甲　你再想想看，是不是放错了地方？

徐　大　（悄悄地扯和尚娘）走吧，走吧！

和尚娘　（临下，尖酸地）诸位当心，别叫长贼心的人给骗了！（与徐大下）

难民乙　汪六，你想想看，警察会管你这闲事呀？

难民甲　况且传扬出来，于难民的名声也不好听！

汪　六　我管什么名声不名声，有人偷我的钱，这是真的！

难民丙　你的钱究竟放在哪儿啦？

汪　六　放在哪儿啦！——就放在我睡觉的那块石头底下，我今天早晨，还看见它们了！现在可没有了！

难民丙　你再去找找看呀！

汪　六　连个地缝都找遍了，它们会走到哪儿去，一定是叫贼给偷了！

难民甲　平常有人知道你藏钱的地方吗？

汪　六　知道？也许你们都知道了！

难民甲　你这是什么话！难道我们会合伙谋害你吗？

汪　六　谁知道呢，这天底下没有公道了，我被贼偷了哇！

　　　　〔大家哗然。

难民丙　你听我说，你觉得有没有可疑的人呢！

汪　六　谁都可疑——你，你，他，你们都想偷我的钱，都有过偷的念头——啊，我不知道！我报告警察去！

难民乙　（一把捉住他）汪六，你不能去！

汪　六　（恐怖地大喊）要杀人啦，谋财害命啊！

难民乙　（捂住他的嘴）诸位，谁拿他的钱，赶紧拿出来！

　　　　〔众人私语。

难民乙　咱们从前也有家，清白得很，现在就是人穷志短，也不能下作到偷汪六——

众　人　谁偷了钱，快拿出来吧！

难民乙　咱们从前是乡里，现在是难友，大家应该彼此关照。谁偷了钱，再不拿出来，我们就要搜了！

众　人　搜！

〔正嚷闹的时候，吴老爹满头大汗地上。

吴老爹　（浑然不觉地）诸位乡亲，诸位乡亲，可了不得了！

众　人　怎么？

吴老爹　小狗子……小狗子……跑了……

难民甲　小狗子！

吴老爹　不见了，不见了！

难民乙　又是怎么回事？

吴老爹　我告诉他了！我告诉他——他的爹妈没了，他说要回家，我没在意，现在真的走了！

难民丙　没什么要紧，他又没钱，又是个孩子，迷了路，警察自然会把他送回来的！

汪　六　（一听到钱，便忽有所觉悟，乃张手做势，回忆幕首他与小狗子、和尚谈话的情形，竟从而下意识的推论他已经把藏钱的地方告诉小狗子了）对了，一定是他！

难民乙　怎么？

汪　六　一定是狗子！

吴老爹　狗子怎么样？

汪　六　狗子把我的钱偷跑了！

吴老爹　（愤怒地）什么？你说？

汪　六　狗子偷了我的钱，跑了！只有他，只有他晓得我藏钱的地方，

178

我方才告诉他了，我的钱啊！

吴老爹　我跟你说，天在上头，你可别诬赖人呀！

难民乙　你为什么会告诉个孩子呢？

吴老爹　不，没有这回事，诸位别听他瞎说！

汪　六　（一把抓住吴老爹）你把他藏到哪儿去了！你！交人给我！你跟狗子合伙，偷了我的钱，就把狗子藏了！

吴老爹　诸位明鉴，我姓吴的这么大年纪……

难民甲　吴老爹可不是那样的人……

汪　六　把狗子交给我，不然，我就……

难民丙　喂，那不是狗子来了吗？

吴老爹　（也望见了，急迎上去）啊，狗子！格杂种——还有陈老师？（跑下）

〔众人骚动。

〔吴老爹、狗子、和尚及救亡工作者陈碧君上。

陈碧君　（很有兴致地对吴老爹讲着话）……我一眼看见了这两个孩子，彼此在掉着眼泪赔不是，狗子说要回家，和尚一定要跟着走，说要不带他走，就是怨他了。真是，流亡的生活，使得孩子们比亲兄弟还近一层了！

汪　六　（突然上前，一把抓住狗子）把钱给我……

小狗子　（被他的凶相吓住了）

汪　六　（紧逼着）我的钱，我的钱！我的钱！

陈碧君　（急忙跑去）你这是怎么着！

难民乙　汪六丢了钱，他一口咬定是狗子偷了！

陈碧君　狗子，你偷了汪六大叔的钱了吗？

和　尚　陈老师，他没有！

179

小狗子　没……有……

汪　六　（更急迫地）拿来，拿来，拿来！

陈碧君　汪六，别这样，让我替你找！狗子，你真没拿汪先生的钱？

小狗子　我……没有哇！

陈碧君　那么，把怀解开，让你汪大叔搜搜！

〔汪六迅速地搜着狗子，并无所获，然后贪婪地。

汪　六　在他身上！（指吴老爹）

吴老爹　我明人不做暗事，你来搜吧！

〔汪六又搜吴老爹，仍无所获。

汪　六　（失望地）在他——在他身上——（乱指人）——谁晓得呢！
　　　　你们大家伙早就分着花完了。我只有去报告警察了！

陈碧君　汪六，你怎么能这样？你不害羞吗？你还是仔细想想。

〔正在这时候，和尚娘气喘吁吁地上。

和尚娘　（一眼看见和尚）和尚，看见你徐大叔没有？

和　尚　没有。

和尚娘　奇怪，他明明往这条路上跑来了！

众　人　没看见他呀！

和尚娘　（呆呆地）这个活王八，到底是一个人走了！

〔徐大突然自棚内出。

徐　大　我没有走，在这儿呢！

众　人　（吃惊地）什么时候你跑到棚子里去了！

徐　大　我在前面跑，她在后面追，不过她走了前门，没碰见我，我
　　　　拐了个弯，就从后门进来了。

和尚娘　你还是奔丧是怎么着？你还是改了主意？

徐　大　我又不是奔丧，又没改主意，我是来给汪六道喜！……汪六，

　　　　　　　你丢了的钱，我给你找着了！

汪　六　什么？

徐　大　我跟和尚娘去打听船——我是要在这两天回内地去跟鬼子拼的——一边走一边想，汪六的钱怎么会丢了呢？一定是他弄错了，越想越不放心。就跑回来给他找找，一找，果然还在石头底下，不过被土蒙住了！

汪　六　什么？（急奔入草棚，众人跟着拥入）

　　　　〔和尚娘和徐大相视有顷。

和尚娘　怪不得你慌慌张张地跑回来了呢，原来你是……

徐　大　我不准你讲！

和尚娘　不要脸的东西！

徐　大　……我想家想疯了，每当我喝醉了酒，我就想，汪六要钱有什么用呢？他一点用也没有！这钱要给了我，我就可以做路费回家，说不定还能买条枪呢！唉！

　　　　谁想得到……我真是个……

和尚娘　（温柔地走近了他）算了吧，这种屁事！我们还是去打听船吧！

徐　大　（感动地）和尚的娘……

和尚娘　别跟我装蒜了！

徐　大　你真的还……

和尚娘　一辈子跟你走！

徐　大　唉！……

　　　　〔吴老爹上。

吴老爹　徐大，陈老师找你呢！

徐　大　陈老师？

181

吴老爹　陈老师听说你要回家打鬼子去，很高兴，说要给你交涉免票，介绍关系呢！

徐　大　啊？

和尚娘　老爹，我也去！

吴老爹　你也……很好，很好！那和尚呢？

和尚娘　要是你不嫌他，就交给你吧！

吴老爹　交给我？……好的，好的！陈老师说，一两天就要送我们到西康去垦荒了！

〔小狗子跟和尚上。

和　尚　徐大叔，快去，陈老师找你呢！

〔徐大急下。

和尚娘　和尚，你跟吴老爹一块到西康去好不好？

和　尚　……

小狗子　和尚，跟我们一道走！

吴老爹　垦好荒地，好把粮食送给前线的弟兄们吃。

小狗子　我们在那地方也立个家，你就是那个老头，我就是那个小孩……

吴老爹　现在可跟从前不同了，从前是天灾，现在是人祸，要是鬼子赶不掉，我们的家还是好不了啊！

小狗子　听！陈老师又教歌了！

和尚娘　是还乡曲呢！

〔幕后歌声。渐渐地，台上的人也跟着唱起来。

咱们大伙也有家，

田里的庄稼会发芽；

大豆高粱遍地是哟，

天灾水患都不怕!

日本鬼子贼王八,
七七事变把兵伐;
杀人放火还不够哟,
逼得乡亲们走天涯!

走天涯来走天涯,
太阳下地梦见了妈
梦里关山空掉泪哟,
妻儿老小被贼杀!

被贼杀来被贼杀,
此仇不报怎能罢;
老小到西康去开垦哟,
垦出粮食往前线发!
壮丁回家去拼命哟,
打退鬼子才保得住家!
打退鬼子才保得住家!

——幕徐下